친구야
우린 이 땅에
소풍 온 거야

Part 1

김병기 글 · 사진

친구야
우린 이 땅에
소풍 온 거야

좋은땅

팔방미인이라는 말이 있다.

필자를 두고 하는 말이 아닐까 싶다. 내 주변에 이런 특별한 캐릭터는 실로 처음이다.

청룡언월도를 휘두를 것 같은 풍채와 강렬한 포스를 뿜어내지만 당장 갤러리를 개최해도 될 만큼 수준 높은 반열의 그림을 그린다.

덩치 큰 오토바이로 라이딩을 하고, 드럼을 치며, 독서를 즐긴다.

어우러질 것 같지 않은 두 양면을 내면화한 채 남다른 시각으로 인생의 풍미를 즐긴다.

나는 필자가 성공궤도에 막 오른 후에서야 서로 알게 되어서 그 이전의 삶에 대해서는 자세히 알지는 못했다.

이 글을 통해 더 많은 부분을 이해하게 되었고 필자가 왜 현재와 같이 성공적인 궤도에 오를 수밖에 없었는지 그 퍼즐이 맞춰진 듯싶다.

삶이란 것이 음식에서 느껴지는 맛과는 다르겠지만, 필자는 본인만의 남다른 감성으로 에세이를 통해 인생의 쓰린 맛, 추억에 대한 아린 맛, 눈물겨운 노력을 통한 성취의 맛 등등 그 진한 맛들을 다시 한번 통찰한 것이 아닐까 싶다.

본인이 살아온 삶에 대한 담백한 통찰을 통해 앞으로 펼쳐질 삶에서는 더욱 진한 풍미를 맛볼 수 있으리라 확신한다.

또한, 삶이 무미건조해지는 중년들에게 이 에세이를 추천하며 이 에세이가 간접적으로나마 건조한 삶에 단비가 되어 주길 희망한다.

(주)이레컴즈 대표이사 김유신 장군
『친구야 우린 이 땅에 소풍 온 거야』를 즐감하고…

* * *

처음 필자와의 만남은 8년 전, 서로의 사업을 위해 인연이 되었다.

파트너사로서 서로의 회사가 같이 성장해 오며, 필자에게 느껴지던 성품이 이 책을 읽고 나서 더욱 이해가 되었다.

항상 우직하고, 조용하게 많은 배려와 노력을 하고, 새로운 도전을 망설이지 않는 그런 모습에 경의를 표한다.

"노력은 배신하지 않는다", "할 수 있는데 안 하는 것이지 못하는 것은 없다". 정말 필자와 어울리는 글귀가 아닐 수 없다.

또한, 내 자식의 자식에게 할아버지에 대한 이야기를 들려줄 수 있는 책이 생긴다는 내용에 부러움과 함께 나도 도전해 보고 싶은 목표가 생긴 것 같다.

앞으로 내 자식과 함께 이 세상을 살아갈 모든 젊은이들에게 귀감이 될 수 있을 것 같다.

(주)클린케어 대표이사 김철호

* * *

이 책은 예전 사진첩을 보는 것 같은 느낌을 받았다.

읽는 내내 예전 이야기를 영화로 보는 것 같은 사실적인 묘사에 '글을 참 잘 쓰는구나' 싶었다.

필자는 나와 오랜 친구 관계로 예전 14살 때부터 서로 지켜보아 왔다! 때로는 싸우고 비난하고 그럴 법도 한데 이상하게 그런 적이 한 번도 없는 것이 신기한 친구다.

책을 읽으며 크게 웃고, 흐뭇하기도 하고, 뭉클해지기도 해서 주위 지인들에게 강하게 추천한다.

그리고 이 책은 한 사람의 과거, 현재, 미래 성장과정을 보여 주는 살아 있는 역사책으로 저자의 긍정적이고 희망적인 삶이 돋보이는 글로서 나도 내 삶을 어떻게 살아야 할지 무엇이 가치 있는지를 다시 한번 생각하는 계기가 된 책이다.

지인들에게 부담 없이 읽도록 권하고 싶은 책으로 2번 읽은 지금도 강력 추천한다.

'우리는 이 땅에 잠시 소풍 왔다'는 작가의 말, 정말 멋진 말이다.

친구야! 이 세상에 소풍 왔으니 맘껏 즐기렴. 넌 즐기려고 태어났으니.

항상 너의 편인 죽봉 정현준

* * *

나를 구하는 유일한 방법은 남을 구하는 것이라 생각한다.

필자는 남들을 위해 본인의 희생을 아끼지 않는다. 따뜻함과 아름다움을 스스로 지켜 내며 살아가기 위한 최고의 선택을 하고 있지 않나 싶다.

행복은 빈도라 여기며 50줄을 준비하는 필자를 진심으로 존경하고 사랑한다.

같은 병을 앓고 있고 서로 치료해 주고 있는,
멀지만 가까운 사회의 동반자 스티브가

* * *

책을 읽다 보면 지루한 부분이 있는데 이 책은 흥미진진하게 잘 보았다. 필자가 살아온 과정을 다시 한 번 보고 나도 뉘우치는 부분이 많았다. 나는 저렇게 열심히 살았을까?! 항상 하는 일에 최선을 다해 보았는지 느끼는 점이 많았다. 다시 돌아오지 않는 과거보다 지금 현재의 삶에 더 집중하고 주변 사람의 소중함을 느끼고 살아야겠다. 성공하는 사람들은 이유가 있다. 최선을 다하면 결과는 따라온다. 이건 분명한 진리다. 필자의 노력에 다시 한번 박수를 보낸다. 좋은 사람 만나 건강하고 행복하길….

(주)태강컴퍼니 대표이사, 문신 없는 건달 이영윤

* * *

인생에서 성공이라는 것은 무엇을 의미하는 걸까?

자기 자신이 설정한 삶의 목표를 열정적으로 실현해 나가는 부분도 있겠지만 사람 냄새 나는 필자의 에세이를 차근차근 끝까지 읽어 보며, 생각이 정말 많이 바뀌었다.

각기 다른 인연의 만남이 계속되어 인연이 또 다른 인연을 만들고 그 인연이 기적을 만들 수 있다는 것 또한 또 다른 성공이 아닐까 생각이 든다.

그리고 이 에세이를 읽는 동안 스토리 하나하나가 머릿속에 생동감 있게 그림이 그려지듯이 떠올랐고 마음이 따뜻해지는 신기한 효력을 가진 에세이라고 생각한다.

또한 "내가 하고자 하면 할 수 있는 것들이 많다"는 필자의 말은 가슴 깊이 울림을 주는, 기억에 남는 문장 중 하나로 생각된다. 바람 잘 날 없고 한 치 앞도 알 수 없는 앞으로의 인생에 쉼표 하나를 찍어 주는 멋진 에세이라고 생각하며, 무엇보다 인생의 멋진 선배이자 정말 사람 냄새 나는 필자에게 가슴 따뜻하게 해 주어서 감사하다는 말을 꼭 전하고 싶다.

(주)바른팩토리 대표이사 한남수

* * *

약 200장의 페이지로 필자의 재밌는 소풍 인생을 들여다볼 수 있다. 중간중간 등장하는 필자의 멋진 그림과 진심이 담긴 시들은 필자의 생각과 감정들이 고스란히 느껴지게 했고 책 한 권으로 풀어진 그의 소풍 인생은 의지와 열정, 의리, 감동, 우정, 사랑 모든 것을 느낄 수 있어 시간 가는 줄 모르게 집중하고 빠져들게 했다.

필자를 봐 오면서 참 사람 냄새 나는 멋진 사람이란 걸 알았지만 이 책으로 더욱 매력 있는 사람으로 느끼고 많은 분들께서 이 책을 읽으며 웃고 감동하고 힐링했으면 하는 마음으로 추천한다.

그의 소풍 같은 인생 응원하고 사랑합니다.

뚝섬 빵순이

*　*　*

『친구야 우린 이 땅에 소풍 온 거야』, 나는 이 책을 즐감하고 필자의 모든 생활을 같이하지 않았지만 그래도 현재까지 20년이나 가까운 시간을 옆에서 지켜보고 있다.

또한 이 책을 통해 나의 과거를 추억하게 되었고 잠시 잊고 있던 과거 시간들을 회상하기도 하여 너무나 즐거운 시간이었다.

나는 필자를 20년 전에 직장 상사로 만나서 현재까지 하루 중 8시간 이상을 필자와 같이 보내고 있다. 어쩌면 나의 가족보다도 같이 보내는 시간들이 더 많은 거 같다.

20년 전 처음 만난 필자는 나의 우상 같은 사람이었다. 나의 인생에 변화를 주기도 하고 나의 현재까지 삶의 일부분을 만들어 준 사람이기도 하다.

필자는 내가 존경하는 인물 중에 하나이며 나의 직장 상사이자 친형 같은 존재다. 잠시 헤어져 있을 때도 있었지만, 그래도 항상 필자는 나와 나의 가족까지도 생각해 주는 따뜻한 사람이다. 어떤 때는 어린아이처럼 어리광을 부릴 때도 있고, 삶의 지쳐서 쓰러져 있을 때도 필자는 나를 일으켜 주고 내 삶의 잘못된 부분을 리셋할 수 있게 도와주는 가족 같은 형이다. 항상 지금도 나를 지도해 주는 스승 같은 인물이다.

나는 이 책을 내 주변에 있는 사람들에게 서슴없이 소개해 주고 싶다. 아무런 부담 없이 편하게 독서를 하면서 한 사람의 인생과정에서 '삶'을 같이 이야기 나누고 싶고, 또한 책에서 나누지 못한 필자의 성향과 모든 과정을 이야기해 주고 싶은 마음이 든다. 그리하여 우리 살고 있는 이 세상에서 힘들고, 즐거운 과정을 다시 한번 돌아보는 시간이 되었으면 한다.

마지막으로 나에게 필자는 항상 소중한 사람이다. 언제까지 내가 같이 있을지는 모르겠지만 그래도 필자와 같이 있는 시간에는 즐겁고 성공하는 인생을 즐겨 보고 싶다.

나는 필자를 항상 옆이나, 뒤에서 응원할 것이며 다시 한번 필자에게 감사한 마음뿐이다.

(주)소울네이처푸드 상무이사 게토레이 승환 킴

CONTENTS

추천사   005

에피소드 #1   죽마고우   018

에피소드 #2   순댓국 한 그릇에 청하 한 병   040

에피소드 #3   연극, 드라마, 영화배우   050

에피소드 #4   남대문 매점 알바   059

에피소드 #5   왜 장기근속이야?   075

에피소드 #6   똥파리와 꿀벌   105

에피소드 #7   구파발 터널의 뜨거운 눈물   115

에피소드 #8   싱글파파   126

에피소드 #9   버킷리스트   144

에피소드 #10   아름다운 동행   164

(DISTINCTION) 아름다운 동행 소개   175

EPILOGUE   196

더 늦기 전에, 더 나이 먹기 전에
우리 인생 한번 즐겨 보자.

작품명 : 우리의 계곡

"한 사람, 한 사람 우리 모두가 이루는 강과 산 그리고 숲."
한 사람, 한 사람 전 직원들의 이름이 들어간 계곡에서 숲과 산이 자라는 풍경화.
우리는 하나 되어 모든 것이 물 흐르듯이 이루어질 것이다.
이 작품은 직원 모두의 마음을 담아 2023년 10주년 기념 워크숍에서 완성된
작품이다.

○　인생의 무게

어깨가 너무 아파
담이 온 것처럼 아프네
한의원이라도 가 봐야 할까 봐

한의원에 가도 소용이 없어

그건 네 어깨에 놓여 있는
너를 바라보고 있는
삶의 무게 때문이야

○ 일상의 행복

웃고 있는 너의 모습이 참 이쁘다

행복해?

나도 행복해

사랑해?

나도 사랑해

우리는 항상 이런 말을 주고받는다

죽마고우

이 친구는 그런 친구였다. 호기심도 많고 궁금한 것도 많은 친구였다.

그때는 중학교 여름방학이었다. 학원에서 2박 3일 단체로 명지산 계곡으로 여름 캠프를 가게 되었다. 출발하기 전날 정말 많은 비가 왔는데, 다행히 출발 당일에는 구름 한 점 없는 화창한 날이었다. 우리 모두는 신이 난 기분으로 출발했고 드디어 캠프장에 도착하였다. 흐르는 강물과 강 뒤로 보이는 절벽들은 14살 중학생 눈에는 아주 웅장한 자연환경이었다. 다 같이 강물에서 수영복도 없이 반바지 차림으로 물장난을 하고 있을 때쯤 이 한 친구 머리에서는 장난기가 발동했다. 그 친구가 바로 현준이었다.

"우리 저기 강 건너 바위까지 수영해서 갔다 올까?"

"건널 수 있겠어?"

"저기는 그냥 갈 수 있어."

"충분히 건널 수 있어."

하지만 전날 비가 많이 온 터라 강물이 많이 불어난 상태였다. 다행히 물살은 센 편이 아니었다. 그렇게 우리는 강 건너 바위로 수영을 하여 갔다 왔다 하며, 신나게 놀았고, 저녁이 되어 부슬부슬 비가 오기 시작하였다.

다음 날 아침이 되어선 다시 언제 비가 왔다는 듯이 화창한 햇살이 비치는 아침이었고, 우리는 어제와 같이 다시 강물을 찾았다. 어제와는 사뭇 달리 강물의 물살이 세진 것이었다. 눈으로 보는 물살은 우리에게는 무서울 정도의 물살이었다. 여지없이 현준이는 다시 어제와 같이 강 건너 바위를 향해 수영해 가자고 한다. 나름 어디서 주워들은 얘기는 알아서 물살이 좀 있으니 "좀 위에서 강물을 타고 내려오면서 건너가자"라고 한 친구가 맞장구를 친다. 그런데 더 웃긴 건 모두 찬성하며 그러자고 한다. 한 명, 두 명 다 강을 건너 바위에 도착하였다. 한참을 바위에서 놀다 다시 돌아가야 하는 상황이 왔다. 한 친구가 먼저 강을 건너갔고. 우리를 향해 "야~ 물살이 좀 센 것 같아." 그렇다. 친구는 강 건너 바위 앞이 아닌 바위보다 더 아래쪽으로 강을 건너갔다. 물살이 세서 떠내려가듯이 강을 건너갔던 것이다.

"현준이 네가 먼저 건너."

"알았어. 먼저 간다." 현준이는 출발했고, 가던 도중에 잠시 중간에 멈추어 섰다. 그러고는 물에 빠진 사람처럼 살려 달라고 소리를 쳤다. 우리는 다 같이,

"현준이 또 장난친다."

"야~ 놔둬… 그러다 말 거야."

한참을 장난치는 모습을 보고 있었다. 그런데 현준이 표정이 장난 같아 보이진 않았다. 물속으로 들어갔다 나왔다 하며 정말 물을 먹고 있는 것 같았다.

"야~~ 진짜인 것 같은데."

"누가 들어가 봐."

친구들은 하나둘씩 현준이를 구하려고 들어갔다.

강물로 뛰어들었다. 다시 돌아오고 또 갔다 돌아오고를 반복을 했다. 그랬다! 친구들은 인명구조라는 것을, 아니 그 방법을 몰랐다. 물 아래에서 단지 발만 위로 올려 주고 다시 내려오고 그렇게 반복이 되었고 이러다 이렇게 두면 정말 죽겠구나 하는 생각이 들어 나도 들어가야겠다는 생각이 들었다. 조금은 겁이 났지만 무슨 용기가 나서인지 우선 강물로 뛰어들었다. 현준이가 눈앞에 보였고 우선 뒤로 돌아서 목을 잡고 나가야겠다는 생각뿐이었고 현준이의 목을 잡고 뒤로 수영을 하여 물 밖으로 데리고 나왔다.

나는 어릴 적부터 수영을 체계적으로 배워 왔기 때문에 다른 친구들보다는 수영을 잘했다. 그래서 현준이를 구할 수 있었던 것이다. (지금의 이런 친구였다면 구하는 게 아닌데… ㅋㅋㅋ)

사실 그 장면 외에는 아무것도 기억이 나질 않는다. 강물 밖으로 나와서는 어떤 일이 있었는지 나도 너무 긴장을 한 탓인지 기억에 남는 것이 거의 없었다.

현준이는 청심환을 먹고 잠이 들었고 나 또한 긴장한 탓 인지 낮잠에 취해 일어나 보니 저녁이었다.

　정말 하루가 너무 길게 느껴지는 하루였고, 아마 평생 기억에 남을 그런 하루가 되지 않을까 생각을 했다.

　우리는 그런 평생 잊지 못할 추억을 서로 간직하게 되었고, 영원한 친구가 되기 위한 운명이었던 것 같다.

　지금의 이런 친구가 내 곁에 있는 것이 너무 고맙고, 행복하다.

　그치, 친구야?

이렇게 우리는

평생을 함께할 친구가 되었다.

○ 나에게 보이는 이 세상, 내가 살아가는 내 세상

걱정하지 말자

아직 우리에게는 아무 일도 일어나지 않았어

설령 그 일이 일어나도 너는 너 스스로
일어설 수 있어

네가 가진 용기는 기회를 만들어 줄 것이고
네가 하는 고민은 결과로 보여 줄 거야

만약에 너에게 불행이 찾아오면
내가 너에게 찾아온 불행 잠시 데리고 있어 줄게
네가 그 불행에서 멀리 벗어날 수 있을 때까지

그리고 불행은 가끔 어쩌다 찾아오는 거야

하지만

행복은 우리 주변에서 언제든
계속 찾아올 수 있는 거잖아
우리가 행복하다면

인생 한 번 살지, 두 번 사는 거 아니니까
하고 싶은 거, 해 보고 싶은 거
하면서 살아가자.

우린 이 땅에 잠시 소풍 온 거잖아

○   어른이 되면

친구야

어른이 되니 뭐가 좋아?
어른이 되면 감기가 잘 안 걸리나!?
고추를 많이 먹으면 감기에 안 걸리지

그냥 몸이 다 아프고 힘들다

친구야 넌 다시 돌아가고 싶어?
넌 언제로 돌아가고 싶어?

"나는 중학생으로 돌아가고 싶다"
"왜?"

그때는 세상을 몰랐으니까
지금 우리가 사는 이 세상은 너무…
가슴 아픈 세상이야

서로를 원망하고 비난하고 서로 헐뜯고
이 세상은 사람 냄새가 안 나

친구야, 우리 다시 돌아가자
사람 냄새 나는 그 시절로

○ 어느덧 나이가 들고 보니

대부분 사람은 지금의 자기 모습을 바꿔 보려고 해마다 시도한다. 1월 1
일이면 변화를 생각하곤 한다. 나 역시도 그랬다

나의 삶의 모습을 바꾸려 한다면 기억해야 할 것이 하나 있다
바로 세월의 시간이다

서른이 되고, 마흔이 되고, 쉰이 되고
한 살 한 살 나이가 들수록 그에 따라 생각의 나이도 든다

나는 서른을 지나 마흔을 겪고 있다
서른의 10년은 나에게 어떤 과정이었고 어떤 결과를 가져다주었는지
생각해 본다

서른에 들어서면서 10년이 지나 마흔에 기대고 있고
마흔에 들어서면서 또 10년이 지나 쉰에 기대려고 할 것이고
쉰에 들어서면서 또, 또 10년을 예순에 기대려고 할 것이지 않은가

결국 되풀이되는 세월을 살 것이다

그렇게 아무 변화 없이 세상을 살아가는 것은 무의미한 인생이다

10년간의 노력과 땀과 열정이 지금의 마흔을 만들었고 마흔의 10년은 서른의 땀과 열정의 결과물들로 쉰을 향한 삶의 토대를 튼실하게 만들 수 있게 될 것이고

쉰에는 인생을 다시 살 기회를 얻는 것이라고 생각한다

쉰이라는 나이는 '쉼'이다
한 번쯤은 쉬어 가고 한 번쯤은 '쉼표'를 찍고 새로운 삶을 이어 갈 수 있 는 나이가 쉰이다

어느 과정이든 괜찮다. 언제 시작했더라도 괜찮다
시작이 언제냐에 따라 누릴 수 있는 범위는 다르겠지만

지금부터가 중요한 것이다

지금 바로 이 순간에도 나는 생각한다. 무엇을 하든 늦은 시간은 아니라

는 것을. 할 수 있는 힘이 있고, 할 수 있는 자신감이 있고, 잘해 내리라
는 믿음도 있다

하지만 이 모든 것들이 내 생각에 달려 있다는 것이 중요하다
생각을 하고 그것을 실천하는 것이 해답일 것이다

○ 내가 가는 길

뚜벅뚜벅
때로는 천천히 걷기도

헉헉헉
때로는 달리기도

휭휭휭
때로는 전속력으로 달리기도 했어

그렇게 달려온 곳이 지금의 여기야

여기까지 오느라고 힘들었지?

"아니, 그런 생각 안 들었는데"

그런데 멈추려고 하니까 지금 그게 힘든 것 같아

어떤 일이든 할 때는 힘들어 죽을 것 같아 그러면서도

계속 그 길을 가고 있었잖아

길이 보여서 그 길을 가는 것이 아니고

내가 하고 있는 것들을 하면서 가니까

그게 길이 되는 거야

이 세상은 정해져 있는 길은 없어

내가 가는 곳이 곧 길이 되는 거야

○　인생

내가 지나온 발걸음을 똑같이 밟고 돌아갈 수는 없겠지만

걸어온 발자취를 돌아볼 수는 있으련만

지나왔던 길이 진흙탕 인생길이라

신발이 해지거나 더러워졌다면

깨끗이 빨고 말리면 되는걸

내가 지나왔던 길이 후회된다면

앞으로 갈 길은 후회 없이

달려가면 되는걸

때로는 넘어져 상처가 된다면

일어나 치료하고

다시 걸어가면 되는걸

그 어떤 어려움이 태산처럼

다가온다 해도

힘이 들 수도 있다고 해도

넘을 수 있는 산이고

건널 수 있는 강인 것을

지나온 일들이 나에게 상처가 된다면

앞으로 갈 길은 치료가 되면 되는걸

지나온 길을 생각하지 말고

앞으로 나아갈 길들을

한 발 한 발 천천히 걸어 나가다 보면

나에게도 진흙이 마르고 단단히 다져진 땅을 밟고

달려갈 날들이 반드시 올 거라 믿는다

○ 정의가 곧 현실이 되는 세상

무엇이 정의고 무엇이 현실인지
구분할 수 있는 사람이 얼마나 될까

아름다운 세상!
무엇이 가슴 찡하게 울리는 그런 세상인가?

가슴은 원하는데
머리는 현실을 원한다

머리와 가슴이 같이 느낄 수 있는 세상을
살아가는 사람들은 바보가 되는 건가

나의 모든 걸 잃어버려도 그 정의를 위해 사는
그런 사람들

가슴으로는 진실을 판단하지만
머리로는 현실을 판단해야 하는 세상

무엇이 옳은 것인가?
내가 가야 하는 길이 진실인지 아님 현실인지

머리가 힘들게 사는 것이…

가슴이 힘들게 사는 것이…

하나의 판단을 위해 오늘도 머리와 가슴으로
오가며 저울질하는 내 모습이…

무엇을 위해 사는 것일까

○ 어떻게 살아요?

세상 사는 것이 쉽지는 않은가 봅니다

내가 뜻한 대로 살 수 있는 것도 아닌가 봅니다

어릴 때는 학교에서 시키는 대로 교육을 받아 왔고

성인이 되어선 회사가 원하는 방향으로 가야만 했고

남편이 되어선 가정이 원하는 대로 가야만 했고

아빠가 되어선 아이를 위하여 또 다른 삶을 살아야 했고

인생을 살다 보니 내가 원할 때 생을 마감할 수가 없고

하늘이 부를 때 가야만 하는 이 세상

우리는 그런 세상에서 행복을 느끼고 기쁨을 느끼며

사랑을 하며 살아오고 있지 않은가요

그것이 사람 사는 세상입니다

이것이 내가 사는 세상입니다

작품명 : 희망

"우리가 바라는 것은 결국 행복이다."

저 숲을 지나면 우리가 바라는 행복이 있을까?

그렇게 기대해 본다. 그곳에 가면 우리가 찾는 행복이 있을 것이다.

이 작품은 행복을 희망하는 마음으로 저 강과 숲을 지나면 행복이 있을 것이
라고 믿는 마음으로 그린 작품이다.

순댓국 한 그릇에 청하 한 병

"너 군대 가니? 언제 가?"

"10월로 나왔어."

"술이나 한잔할까?"

"그래."

"그 할머니 순댓국집 가자."

우리는 몇 마디 주고받고 발걸음을 자연스럽게 할머니 순댓국집으로 발을 옮겼다.

"저희 술국 하나랑 청하 한 병만 주세요."

사실 우리는 술을 잘 못 마신다. 그냥 일반 소주는 생각도 못 한다. 우리가 자주 먹던 술은 알코올 도수가 낮은 청하다. 술국은 순댓국인데 양이 좀 많고 밥은 따로 나오지 않는 그냥 술안주 순댓국이다. 우리는 여기에 청하를 한 잔씩 따라 서로의 잔을 기울이며 이런 대화를 했다.

"넌 언제 갈래?"

"갈 때 가겠지."

"아마 내년에 갈 거야."

"형이 먼저 가 있을 테니까 빨리 와."

별 이야기도 아닌데 우리는 그렇게 잡담하다 술자리를 마무리 지으며 끝으로 한 마디씩을 한다.

"병기야, 잘 갔다 와."

"너는 가서 고생 좀 해야 해."

"알았어. 고마워."

아무렇지 않게 서로에 대해 너무도 잘 알고 있어서 농담 같은 진담을 한다.

내가 먼저 군대에 입대하고, 현준이는 다음 해 2월에 입대하였다.

처음에는 서로 어느 부대에 있는지 모르고 서로 군 생활을 하였고 내가 일병이 돼서야 현준이가 어느 부대에 있는지 알게 되었다. 나는 흔히들 말하는 '땡보' 군우병이었다. 난 사실 군우병이 무엇을 하는 곳인지도 몰랐다. 내가 있는 부대는 인천 부계동에 있는 61사단이라는 곳이었고 거기서도 군우병이라고 군사우체국에서 근무하는 보직을 받은 것이다. 우리 부대에서는 다들 내가 학연, 지연 뭐 이런 '백'으로 군대에 온 거라고 생각을 한다. 하지만 난 핸드백 하나 없는데 운이 좋게도 이런 '땡보 직'을 가게 된 것이다. 그냥 뺑뺑이로 된 것 같았다. 군사우체국은 지역마다 있는 큰 우체국에서 파견식으로 일반인들이 근무를 하러 나오는 곳이었다. 이곳 군사우체국에는 외부 민간인이 두 명이 상시 근무하였고 군우병은 우리 부대에서 한 명, 옆 타 부대에서 한 명이 선발되어 근무하였다. 그러니 땡보 중에서도 최고의 땡보라고 할 수 있다. 고참 하나 없으니 말이다.

　나는 자유롭게 사제전화도 사용할 수 있었고 전국 어느 부대에나 전화를 할 수 있는 교환 전화기도 가지고 있었다. 그래서 현준이 부대에 전화할 수 있었다.

　어느 평일 근무시간이었다.

　"통신보안 ○○사단 ○○여단 행정반으로 교환 부탁드립니다."

　"연결하겠습니다."

　띠리링 띠리링.

　"통신보안 일병 정현준입니다."

　마침 현준이가 바로 받았다. 나는 너무 반가운 마음에,

　"나야, 인마."

　현준이의 목소리가 조금 떨리면서 다시 되물었다.

　"통신보안 누구십니까?"

　"나라고, 인마."

　"통신보안 잘 못 들었습니다. 통신보안."

　"나 병기야."

　"잘 못 들었습니다. 통신보안."

　뚜뚜뚜뚜뚜…

　현준이는 너무도 당황하여 그냥 전화를 끊어 버렸다고 한다. 이후 선임이,

"어디서 걸려 온 전화인데 그냥 끊어?"

"잘못 걸려 온 전화 같습니다."

현준이는 이렇게 수습했다고 한다. 정말 많이 당황했다고 한다.

현준이는 안 그래도 행정반에서 관심사병으로 집중 관리 중인 병사였다.

이유가 궁금한가? 왜 관심사병이냐고?

바로 영창을 갔다 왔기 때문이다. 하하하….

현준이의 영창 사유가 궁금하다고?

탈영? 구타? 불법 소지? 아니다. 현준이의 죄명은 많았다. 이수 지역 이탈, 공문서 위조 등으로 영창을 4박 5일 갔다 왔다.

사건은 이랬다. 현준이는 어디를 가든 말로 사람을 홀리는 아주 신기한 재주가 있는 친구다. 역시나 두 달 고참인 선임이 현준이의 표적에 딱 들어왔다.

"너는 이제 내 밥이다."

현준이는 보직을 받고 함께 근무하면서 집중 표적으로 그 선임자에게 잘 보이려고 부단한 노력을 했다. 칭찬은 고래도 춤추게 한다는 말이 있다.

선임자의 무한 신뢰를 얻기 위해 칭찬을 무한으로 한 것이다. 사람의 이런 심리를 잘 알고 있는 친구다. 결국 그 고참은 현준이를 무한 신뢰하였고 현준이는 처음으로 포상 외박을 받았다.

외박이면 1박 2일이다. 휴가는 아니고 부대 근처에서 1박을 하고 들어올 수 있는 외박증이다. 이 외박증을 선임을 꼬드겨 휴가증으로 위조하였고, 선임과 짜고 위병소를 통과할 수 있던 것이다. 외박증은 이

수 지역이라고 부대에서 몇 킬로미터 범위를 넘어가서는 안 되는 군법
이었고 휴가증은 집에 다녀올 수 있도록 이수 지역이 집까지 허용되는
증서다. 그런 외박증을 위조하여 집에 가려고 했으니 참 대단한 놈이
었다. 하지만 정작 나와도 만날 수 있는 여자친구 하나 없는데 뭘 그렇
게 기를 쓰고 나오려고 했는지 참 노력이 가상했다. 현준이는 이런 놈이
다. 그렇게 위조한 휴가증을 들고 나오니 아버님이 그 먼 곳까지 데리러
오시기까지 했다. 그런데 아버지 차 옆좌석에 앉아 집으로 향하던 중에
검문소가 나온 것이다. 현준이는 순간 '아차' 했다고 한다.

"충성. 잠시 검문 있겠습니다."

현준이는 당연히 군복을 입고 있었고 모자를 벗고 차 안으로 고개를
숙이고 있었다고 한다. 차 밖의 상황이 너무 궁금했던 것인지 호기심인
것인지 고개를 들어 밖을 보는 순간 현준이의 눈과 헌병의 눈이 딱 마주
치고 말았다.

안 좋은 느낌은 틀리지 않는다.

"잠시 검문 좀 하겠습니다."

"휴가증 보여 주시겠습니까?"

현준이는 너무도 겁이 났다고 한다. '내 군 생활은 여기서 끝나는구
나. 혹시 그냥 보여 주고 끝나면 좋겠는데'라는 생각을 했다고 한다.

"잠시 조회를 해 보겠습니다."

그 좋았던 푸른색의 하늘이 그 한 마디에 회색빛으로 바뀌며, 머릿속
은 백지가 되어 버린 상태였다. 조회를 끝내고 헌병이 다시 돌아와 현준

이에게 묻는다.

"이거 휴가증 맞습니까?" 현준이는 이렇게 답했다.

"예… 예… 그렇습니다…." 떨리는 목소리로 대답했다. 헌병이 다시 말한다.

"차 바로 하차합니다. 잠시 저희와 같이 가 주셔야 할 것 같습니다."

현준이는 그제야 '들켰구나'라는 생각을 했다고 한다.

이제 외박이고 외출이고 휴가고 끝이구나. 백지장이 된 머리로 현준이는 끌려가듯이 헌병을 따라갔고 헌병 수송차를 타고 헌병대 구치소로 넘어갔다.

경찰서 대문도 안 가 본 놈이 헌병대 구치소라니 참으로 신기한 일이다. 한편, 현준이가 속한 부대는 뒤집어졌다.

일개 일병 하나 때문에 무슨 부대 전체가 그러냐고?

그냥 혼자 이수지역 이탈로 헌병대에 끌려가면 뭐 아무 일이 없을 것이다. 하지만 이 사건은 차원이 다른 것이었다. 공문서 위조에, 해당 부대에서도 모르는 일에 현준이가 큰일을 한 것이다.

대대장부터 시작해서 모든 간부들이,

"자기 선임을 어떻게 했기에 이등병이 공문서 위조를 해서 부대에서 이탈을 하냐고."

그렇게 현준이는 이수 지역 이탈과 공문서 위조 등으로 4박 5일 영창행의 기차에 오른 것이다. 이 사건은 현준이가 있던 부대에서 지금까지 전설로 남아 있다.

공… 문… 서… 위… 조. 현준이는 대단한 놈이다.

한 가지 더 대단한 놈이라는 걸 증명하는 사건이 있다.

한 번은 부대를 뒤집어 놓고, 한 번은 부대의 귀감이 되는 병사로 전환이 된 것이다. 아마도 우리나라 전체 어느 군부대를 봐도 이런 일은 현준이가 유일할 것이다.

왜 이런 일들이 뉴스에서 보도가 안 된 거지? 이건 개콘에서 다루어야 할 이야기 아닌가!

사건을 요약한다면 이렇다. "후임병 팔아 포상 받았다." 만약 책으로 나온다면 제목이 이럴 것이다. 그럼 무슨 이야기인지 전해 들어 볼까?

초소 근무 교대 시간이었다. 근무 교대를 위하여 다음 근무자를 깨우러 내무반에 들어갔는데 근무 교대할 이등병이 자리에 없던 것이다. 현준이는 순간 생각했다.

'이등병이 이 시간에 자리에 없어! 화장실 갔나?'

내무반을 돌아보았다. 하지만 어디에도 그 이등병은 없었다.

보통 부대에서는 근무교대를 하면 행정반에 와서 교대보고를 하고 근무교대하는 곳으로 가서 교대자와 서로 보고를 하고 교대를 한다. 그리고 교대한 그 근무자도 근무가 끝났다고 행정반에 와서 또 보고를 한다.

병장이라면 모르겠지만 하지만 병장도 그러지 않는다.

이건 군법이기 때문이다. 정해진 규정이 있기 때문에 누구든 그렇게 따라야 하는 것이다.

'이등병이 알아서 근무교대를 갔다!' 이건 아니고,

'화장실!' 이것도 아니고,

그럼 단 하나, 탈영!

순간 머릿속에서 떠오르는 건! '휴가', '하늘이 날 버리지 않았구나'. 머리에 떠오르는 건 이런 것들이었다.

현준이는 대단한 놈이다.

바로 행정반으로 달려갔다. 당직사관에게 이렇게 보고했다.

"충성, 일병 정현준. 행정반에 볼일 있어 왔습니다."

"뭔데."

"저 ○○○ 이등병이 근무교대 시간이 다 되어 가는데 보이지 않습니다. 아무래도 탈영한 것 같습니다."

당직사관도 믿고 싶지 않았을 것이다. 왜 하필 내가 근무하는 날에 탈영이람.

"다 찾아봤어? 확실한 거야? 만약 아닐 경우 네가 모든 책임을 질 거야. 어서 빨리 상황실에 보고 안 하고 뭐 해."

순식간에 모든 보고가 완료된 것이다.

그랬다. 정말 그 이등병은 탈영을 했던 것이다. 육감인지 아니면 하늘이 내린 영창에 대한 보상인지. 참으로 신기한 일이었다.

그렇게 이등병의 탈영이 확정되고 모든 보고가 순조롭게 이루어지고 그 이등병의 탈영으로 모든 마무리는 완료가 된 것이다. 탈영의 이유는 '여자친구', '고무신' 이런 이유였다.

탈영한 이등병의 입장이 아니기에 더 이상 이유에 대해서는 언급하지 않겠다.

다음 날 대대장이 행정반으로 직접 찾아왔다.

"그 이등병은 왜 탈영을 해 가지고 일을 힘들게 하나. 최초 보고자가 누구야?"

"예, 정현준 일병입니다."

대대장이 딱 한 마디 한다.

"포상휴가 보내."

포상 내용은 이렇다.

"위 사병은 빠른 대처 능력으로 일직사관서부터 우리 부대 전 지휘통제실까지 빠르게 보고가 되어 사건에 대한 빠른 수습이 가능했기에 이에 포상을 한다. 따라서 위 사병은 부대의 기강을 높이고 타의 모범이 되었다."

이렇게 현준이는 영창에 대한 포상을 받은 것이다. 후임병 팔아 포상휴가를 가는 그런 선임. 이 역사는 그 부대에 아주 길이길이 남을 그런 사건이 되고 말았다.

이래서 그런 말이 있나 싶다.

"하나를 얻기 위해서는 하나를 내어 주라"는 말.

철저히 계획된 군생활이지 않았나 싶다. 하나를 먼저 내어 주고 하나를 받는다. 하나가 아니고 둘 이상을 받은 기분이다.

친구야, 다시는 영창 가지 말자.

작품명 : 노을

"극적으로 저무는 해가 생기를 불어넣어 주는 호수와 검푸른 숲."
바라만 보아도 평안을 찾아 줄 배경이다. 아무 생각 없이 노을을 바라보고 있
으면 어느새 해가 다 저물고 어두운 밤이 되어 하루를 마무리해야 할 시간이
찾아온다.

연극, 드라마, 영화배우

어릴 적 나는 꿈이 많았다. 정말 많았다. 호기심도 많고 장난기도 많고. 공부는 못했지만, 잔머리는 그 누구보다 뛰어났다.

놀기 좋아했고 여행 가는 것도 좋아했던 나는 어느 날 문득 '나 배우가 되고 싶다'는 생각을 했다. 그 이유는 그냥이 아니었다. 그렇다고 텔레비전에 나오는 연예인이 되고 싶었던 것도 아니다. 이유는 하나였다. 연극이 하고 싶었다.

연극배우는 배역에 따라 다양한 사람들의 삶을 살 수 있다는 생각이 들었다. 나는 하나인데 의사도 되어 보고 판사도 되어 보고, 형사도 되어 보고, 왕도 되어 보고, 때로는 거지도 되어 보고 깡패도 되어 보고.

이런 것들이 너무 흥미 있어 보였다. 배우가 되면 한 가지 연기를 하는 것이 아니고 배역에 따라 직업이 바뀌니까 그런 것들로 하여금 다른 사람의 인생을 살아 보고 싶어서였다. 그래서 결심했다. 연극영화과를 가리라.

"난 꼭 연극영화과에 갈 거야."

그런데 어떻게 가야 하는지를 몰랐다. 다행히 친구 중에 상명여자대학교 연극과에 입학한 친구가 있었다. 그 친구에게 도와달라고 했다. 친구는 우선 연기학원을 다녀야 한다고 몇 군데 소개를 해 주었고 난 친구가 소개한 곳 말고 좀 더 유명한 곳에 다니고 싶었다. 그곳은 지금은 사라진 학원이다. 유인촌! 지금은 문화체육관광부 장관이 된 유인촌 선생님이 운영하셨던 학원인데 방배역 4번 출구에 있던 '베이직 액터 스쿨'이라는 연기 학원이었다.

소수정예로 한 반에 5명 또는 4명으로 운영을 했던 것 같았다.

처음 학원에 들어가서 뭘 배운 건지 지금은 기억이 잘 안 난다. 하지만 딱 하나 기억하는 건 바로 선생님이다. 그 선생님이 누구냐고? 궁금하지?!

바로 영화배우 이범수다. 이범수 선생님은 그 당시 대학원을 다니며 학교에서는 조교로 근무하시면서 이 학원에서 아이들을 가르치는 강사로 근무를 했던 것이다. 마침 내가 이범수 선생님의 제자가 된 것이고….

그럼 뭐 하나. 지금은 배우와는 전혀 다른 길을 가고 있는데. 하지만 아직도 대학로에 가서 연극을 보고 있으면 저 무대 위에 올라가서 연기를 하고 싶은 생각으로 가슴이 뛰곤 한다. 그걸 보면 아직 그 열정은 살아 있는 것 같다.

그렇게 이범수 선생님한테 1년 정도를 배우고 난 드디어 연극과에 시험을 보러 이곳저곳 대학들을 다녔다. 난 실기로 무엇을 준비했냐면 팬터마임을 준비했다. 거기에 재즈댄스도 준비했다.

하지만 결과는 모두 낙방…!? 다행이지 뭔가. 만약 내가 전문 직업 배우가 되었다면 아마도 지금은 대학로 노숙자가 되어 있지 않을까 한다.

실력도 없으면서 감히 배우가 되려고 했다니. 그렇지만 한번 시작했으면 뭐라도 해 봐야지. 그렇게 대학 입시가 끝나고 어쩔 수 없이 재수하게 되었지만 공부만 하지 않았다. 엑스트라를 했다. 어디서?! 그것도 KBS에서….

처음 엑스트라로 출연한 것은 대하사극 드라마 〈용의 눈물〉. 난 1회부터 촬영을 같이했다. 운이 좋게 아시는 분 소개로 일당 사만 오천 원을 받고 진짜 단역 엑스트라를 했다. 첫날은 KBS별관 앞으로 새벽 6시까지 모였던 것 같다. 아주 이른 시간이었다.

그럼 거기에 "용의 눈물"이라고 쓰인 버스가 있다. 그 차에 올라타야지 다른 차에 올라타면 다른 촬영장으로 가서 엑스트라를 하고도 일당을 받을 수가 없다. 명단에 이름이 없으면 지불이 안 된다.

그렇게 해당 차량을 타고 한참을 갔던 것 같다. 한숨 자고 일어나니 용인에 있는 '한국민속촌'이었다. 난 사실 여길 처음 와 봤다. 신기한 것도 많고 정말 옛날 조선시대에 와 있는 느낌이었다.

"자~~ 이쪽으로 오세요." 어디선가 소리가 들렸고 다들 그곳으로 몰려간다.

나도 그들을 따라갔고 그곳은 소품과 분장을 해 주는 곳이었다. 나는 포병이다. 그냥 사병. 바구니에 옷이 잔뜩 쌓여 있다.

"자~~ 여기서 옷 한 벌씩 가지고 가시고, 신발은 옆에 있어요. 다 착용

하신 분들은 저쪽으로 가서서 수염 분장 하시면 됩니다."

옷을 골랐지만 다 축축했다. 짚신은 볏짚으로 만든 신발인데 그것 역시 축축하고 어떤 건 곰팡이가 다 피어서 정말 맨발로 하고 싶은 생각이 들 정도다. 아니, 아무리 엑스트라라고 해도 그렇지, 너무 환경이 안 좋다는 생각을 했다. '진짜 이래서 무명 배우 시절에는 정말 힘들었다 이런 소리를 하는구나.' 그렇게 생각했다. 그럼 이제 무엇을 하나!?

그냥 서 있는다. 하루 종일 서 있는다. 그러다가 메가폰 소리에 우리 모두는 움직인다.

"왼쪽으로 옮겨." 그럼 우르르 왼쪽으로 다 간다.

"오른쪽으로." 그럼 다시 오른쪽으로 옮긴다. 아무 영혼이 없다.

"잠시 쉬었다 갈게요."

그냥 여기는 영혼이 없는 단체다. 사람이 많아서 그런가.

잠시 처마 밑에 앉아 창에 기대어서 쉬고 있다가 다시 메가폰 소리가 들리면 우리는 다시 또 움직인다.

"자~~ 이번에는 전쟁 신입니다. 서로 창과 칼로 싸워 주시기 바랍니다."

옷의 색깔이 달랐다. 두 가지 색이었다. 서로 같은 색끼리는 싸우면 안 되고 다른 색과 싸워야 했다. 어떻게 싸워야 하냐고?

그냥 싸운다. 그냥 막 싸운다. 입으로 '칭칭칭' 소리 내면서 우리 어릴 적 동네에서 친구들과 칼싸움하듯이 그렇게 싸운다. 서로 다치면 안 되니까 살살 싸운다.

조금 있다가 다시 메가폰이 울린다.

"자!! 그만. 저기 어디로 옮길게요."

그러고는 한참을 쉰다. 왜냐면 모든 카메라들을 옮겨야 하니까. 장비가 정말 많다.

카메라도 많고 부수 장비들도 정말 많고 마이크 든 사람들도 많고 뭘 촬영하는지 우리는 알 수가 없고 그냥 메가폰의 지시를 받아야 한다. 하지만 그냥 가만히 기다리고 있을 내가 아니지. 몸이 근질근질해서 가만히 있을 수 없었다.

화장실을 갔다가 촬영하고 있는 곳으로 갔다. 어느 궁궐 같은 곳인데 거기에는 유동근 배우가 있었다. 한창 연기를 하고 있고 다들 조용조용한 상황이었다.

"오케이." 그 소리가 들리자 갑자기 적막은 깨지고, "다음은 뭐뭐 갈게요." 그리곤 다른 배우들이 자리한다.

'아~ 개인 신들을 촬영하고 있는 거구나!' 그렇게 한참을 보고 있었다.

그런데 또 갑자기 메가폰이 울린다.

"자, 준비하실게요." 뭘 준비하라는 건지.

"알려 주고나 뭘 준비하라고 하지, 뭘 맨날 준비만 하래!" 알고 보니 내가 개인신 촬영에 정신 팔려 있을 때 이미 모여 있는 사람들에게는 다 전달이 된 것 같았다.

난 아무것도 모른 채 촬영 준비를 했고 옆에 있는 사람만 따라서 움직였다. 그렇게 모든 촬영이 끝나고 다시 KBS로 복귀하였고 다음 날도 또 같은 일상의 반복으로 그렇게 10일을 촬영하던 중에 나에게도 좋은 기회가 찾아온 날이 있었다. 바로 '캐스팅'. 그렇다고 대단한 캐스팅은 아니었다.

알고 보면 아부에 의한 캐스팅이다. 그 또한 어떤 아부냐. 바로 감독님 시다를 하다가 걸려들었던 것이다. 바로 재떨이다. 감독님 이름은 기억이 없지만 정말 유명하신 감독님이신데 연세가 있으셨다. 정말 대왕 골초이신 분이었다.

담배를 그냥 물고 사신다. 그래서 항상 재떨이가 필요하신 분이다. 이 감독님에게는 별도 재떨이만 들고 다니는 시다가 있다. 그게 바로 나였다.

재떨이는 옛날 분유통에 철사줄로 손잡이를 만들어 들고 다니게 했다.

처음부터 나는 아니었다. 그 재떨이는 보통 엑스트라를 시키는데 그날 그 엑스트라가 안 온 것이다. "재떨이 하실 분" 그래서 내가 손 들고 재떨이를 했던 것이다. 왜냐? 그냥 쉬고 싶어서? 아니다. 감독과 붙어 있으면 모든 촬영을 그냥 편히 볼 수 있으니까. 그래서 엑스트라에서 재떨이로 보직 변경을 한 것이다.

지루하다.

물도 가져다줘야 한다.

그냥 욕먹는다. 알고 보니 욕을 잘하신다.

그래도 괜찮았다. 모든 촬영을 가만히 볼 수 있으니까. 그런데 이게 웬일. 감독님이 나에게 질문을 했다. 내가 그때는 좀 생겨 보였거든….

"넌 어디 출신이야?" 너무 긴장했다.

"예, 전 서울 출신입니다."

"아니, 아니. 소속사가 어디야?"

"저는 소속사 없습니다."

감독님이 그런다.

"에… 엑스트라야?"

"예….."

다시 감독님이 나에게 말했다.

"배우 해, 배우. 잘하겠네."

그렇게 말해 주셨다.

"예, 감사합니다."

그리고 또 아무 말 없이 담배만 피우신다. 그때 생각했다. 내가 자질이 있나!? 혼자만의 착각이지!

그렇게 또 다음 날 난 재떨이를 들고 다녔다.

그런데 스태프들이 웅성웅성한다. 이리 갔다 저리 갔다, 그리고 감독님한테 왔다 갔다. 지미집이라고 하는, 감독들이 타고 하늘로 올라갔다 내려갔다 하는 거. 그걸 타고 계셨는데 나한테 말씀하신다.

"가방에 담배 있어. 그것 좀 꺼내."

"예… 알겠습니다."

감독님이 지미집을 타고 내려오신다. 그리고 말씀하신다.

"너 일어나 봐."

내가 바로 일어났다. 한참을 내 몸매랑 키랑 보시더니, "이놈아 시켜."

그리고는 다시 올라가신다.

감독님의 말이 끝나자마자 조감독이라고 하는, 그분들이 둘이 함께 이야기한다. "뭐야, 엑스트라인데 어떡해?" 서로에게 물어본다. 두 조감독이 한참을 얘기하고 있는데 또 감독님이 화를 내듯이 말씀했다.

"빨리 분칠해서 가져와." 나를 말씀하셨던 것이다. 빨리 분장해서 데리고 오라고 하시는 것이다. 그렇게 감독님 말이 끝나자마자 조감독들은 스태프 두 명을 보내는 것 같았다. 나에게 그렇게 두 명의 스태프가 다가왔다.

"이쪽으로 오세요."

그리고는 배우들만 쓰는 컨테이너로 날 데려간다.

"이 옷으로 갈아입으시고요."

"신발은 신발장 열어 보세요. 거기 남색으로 황금줄 가 있는 거 신으시면 돼요."

"예… 알겠습니다."

"다 입으셨으면 여기 앉으세요."

내가 입은 옷은 장군 옷이었다. 진짜 무겁다. 병사 옷이랑은 차원이 달랐다.

냄새도 좋다. 뽀송뽀송하다. 정말 하늘과 땅 차이다.

분장대에 앉았다. 이것도 차원이 다르다. 병사는 그냥 나무 밑에서 분장사가 송진을 발라서 붙여 준다. 왜냐, 더우니까. 나무 그늘에서 파란색 플라스틱 의자에 앉아서 송진을 쓱쓱 대충 발라서 수염 턱턱 붙여서

"으~~ 하세요." 그리고 가위로 딱 한 번 다듬어 준다. 하지만 장군은 달랐다. 에어컨이 나오는 컨테이너에서 의자에 앉아 있으면 분장사가 알아서 해 준다. 수염의 털의 수준이 다르다. 정말 부드럽고 길다. 이런 차이가 있다는 것은 경험해 보지 않으면 모른다.

그렇게 분장하고 난 유동근 배우의 호위 무사 3 그 뒤를 따르는 장군 3이었다.

하지만 대사 하나 없다. 그냥 걸어가거나 말을 타고 간다. 그게 다다. 그래도 어디서 이런 경험을 해 보겠냐. 운이 정말 좋았다. 결국 내가 하고자 하면 할 수 있는 것들이 많다는 것을 알게 되었다. 인생에서 기회는 오는 것이 아니고 내가 만들어 가는 것이라는 것도 경험을 통해 알게 되었다.

사람이 해서 안 되는 것은 없다고 생각한다.

그렇게 난 〈용의 눈물〉, 소찬휘 뮤직비디오, 그리고 〈슈팅〉이라고 축구 드라마인데 조기에 종영된 드라마였지만 거기에도 출연했다. 그렇다고 지금의 내가 배우가 되어 있는 것은 아니다. 나는 또 다른 내 모습을 찾아 내 위치에서 최선을 다해 삶을 살고 있다.

에피소드 #4

남대문 매점 알바

"시급이 얼마라고? 시간당 5,000원? 거짓말하지 마."

1993년도의 이야기다. 지금은 시급 9,860원. 그때 당시 보통 아르바이트 비용은 천 원 선이었다. 그것에 비하면 오천 원이라는 돈은 큰돈이었다.

내가 고등학생일 당시 이야기다. 친구는 남대문 시장 포장마차에서 떡볶이 배달 아르바이트를 하고 있었다. 정확히 말하면 '범벅'이라는 떡볶이였다. '범벅'이 뭐냐고? 떡볶이랑 튀김을 범벅해서 주는 것을 '범벅'이라고 한다.

남대문 시장 골목에 떡볶이 포장마차에서 주문이 들어오면 상가로 배달하는 아르바이트였다.

"나도 자리 하나 있으면 좀 해 주라."

"네가 아르바이트해서 뭐 하게."

"나도 하고 싶어."

사실 난 그 당시 돈보다 그 범벅이 너무도 먹고 싶었다. 거기서 일하면 떡볶이 범벅을 한없이 먹을 수 있었다. 그 당시 그게 왜 그렇게 먹고 싶었는지 모른다. 내가 살고 있는 동네에는 그런 것이 없었다. 그리고 그냥 궁금했다.

난 호기심이 참 많은 아이였다. 사실 아르바이트도 해 보고 싶었고 그 '범벅'이라는 것도 먹고 싶었다. 그래서 지금 내가 식품회사의 CEO가 되어 있지 않나 싶다.

그렇게 한 학기가 끝나 갈 무렵 친구가 그랬다.

"야~~ 범벅 집은 아니고 옷 상가인데 거기서 아르바이트 구한대!"

"뭐 하는 곳인데?"

"그 상가 매점에서 아르바이트 필요하다는데 해 볼래?"

나는 그렇게 맘에 들지는 않았지만 그래도 친구가 알아봐 준 성의를 봐서 '방학 동안만 하자. 어차피 방학 동안 할 것도 없는데' 생각했다.

"그래, 내가 할게. 어떻게 해야 해? 언제부터 나가면 돼?"

"우선 기다려. 내가 오늘 가서 말해 볼게."

그렇게 또 일주일이 지났다. 다행이다. 못 하나 보다. 그냥 방학 동안 친척 집이나 가서 놀아야겠다.

난 사실 공부에는 재미를 느끼지 못했다. 공부도 못했고, 아니 안 했다. 그렇다고 불량서클이나 불량한 애들하고 어울리거나 그러지 않았다. 하지만 난 덩치도 있고 키도 있어서 그런지 그냥 봐서는 노는 아이였다. 얼굴은 귀여웠는데! 하지만 보이는 것이 그래서인지 반 아이들은 날 건드리지 못했다.

꼭 학교에 그런 애들이 있다. '일진', '일군'. 일부러 시비 걸고 건드리고 하는 애들이 있었다. 이 아이들에게는 그냥 내가 있는 존재만으로도 위압감을 주었는지 싸움을 걸어 오는 사람도 없었고 싸우지도 않았다. 그런데 그냥 그 반에서 '짱'이 되었다. 이유는 모르겠다.

그 당시는 한 학년을 재수해서 다시 다니는 학생들이 많았다. 일명 '꿇었다'고 한다.

그렇게 나보다 한 살 많은 친구들이 많이 있었다. 우리 반에도 4명이나 있었는데 같은 학년이기에 그냥 친구다. 아닌가? 내가 공고를 다녀서 그런가?

그렇다. 나는 '서울북공고'라고 공업고등학교에 다녔다. '서태지와 아이들'의 서태지가 다녔던 학교다.

우리 학교가 공업고등학교라서 그런지 재수생들이 많았나 보다. 하루는 1학년 초기에 그 재수생들이 시비를 걸기는 했다. 그렇다고 영화나 드라마에서 보는 것처럼,

"야, 끝나고 남아."

"야, 끝나고 어디로 와."

이런 게 아니었다. 그냥 그 자리에서 모든 것이 해결된다.

난 사실 유명한 학생도 아니었고 그냥 평범한 고등학생이었다.

"야, 너 어디 살아."

대답도 안 했다.

"네가 그렇게 싸움을 잘해?"

나는 그런 생각을 했다. 내가 여기서 고분고분 말을 듣고 대답을 한다면 너무 쉽게 생각할 것 같다는 생각을 했다. 그리고 남자들 무리라는 것이 동물의 왕국처럼 누군가가 그 무리를 이끄는 수장이 있어야 그 무리가 평온할 거라 생각을 했다. 어떻게 해야 할지 생각이 나질 않았고 그냥 주먹이 먼저 나갔다. 그 친구는 내가 날린 주먹 한 대를 맞고 바닥으로 쓰러졌다. 그 친구는 말라서 힘도 없던 친구였다. 그래서 그런 건지 단한 방에 쓰러졌던 것 같다. 내가 이 상황에서 또 가만히 있으면 반격이 올 것 같았고 그래서 주위에 손에 잡히는 모든 것들을 던져 버렸다.

그렇다고 생명에 위협을 주는 그런 물건들은 아니었다. 마치 보여 주기 식이라고 할까. 그렇게 단 5분도 안 돼서 모든 상황은 종료되었고 우리 반 전체는 적막이 흐르듯이 숙연한 분위기가 되었다. 뒷자리에서 앞의 애들을 보고 내가 딱 한 마디 했다.

"일 년 꿇었다고 형 대접해 달라고 하지 마. 그럴 거면 일 년 박질 말든가."

내가 생각해도 참 멋있었다. 그 이후로 나를 건드리는 사람이 없었고 자연스럽게 나는 반에서 '짱'이 되었다. 그렇다고 내가 학교에서 불량서클이나 일군도 아니었다.

우리 시절에는 일진이 아니고, 일군이었다. 왜 그런 명칭이 불리는지는 모르겠지만 난 그런 애들하고는 어울릴 생각도 안 했다. 지금 생각해 보면 싸움을 많이 하고 그런 학교가 아니었던 것 같다. 최소한 우리 반은 말이다. 그래서 내가 편하게 학교를 다닌 것일 수도 있다. 그리고 '짱'

이 된 것도 말이다.

그 이후로도 나는 모든 반 친구들하고 두루두루 잘 지냈고 특히 초반에 싸움을 했던 친구와는 단짝이 되어 잘 지내고 있었다.

그렇게 아르바이트를 생각하지도 않고 있던 어느 날, 그 친구가 다가와 이렇게 말했다.

"내일부터 나오래."

"어디로?"

"그 상가 5층에 가면 돼. 그럼 매점 하나 있어."

그렇게 첫 출근 날이었다. 집에서 버스를 타고 남대문 시장으로 갔다. 우리 집에서 남대문 시장까지 62번 버스가 한 번에 가는 차편이 있었다.

설레는 맘으로 저녁 9시까지 상가 5층에 도착했다. 너무나도 컴컴했다.

아무도 없었다. 그 넓은 상가에 지금 생각하면 거기 5층은 한 200평은 넘는 크기였다. 에스컬레이터를 타고, 아니 움직이지 않는 에스컬레이터를 걸어서 5층에 올랐는데 모든 불이 다 꺼져 있고 멀리 저 구석 한 귀퉁이에 작은 불 하나가 켜져 있었다. 어둠을 헤치고 조심히 불이 켜져 있는 곳을 향해 도착했지만 역시나 아무도 없었다.

그랬다. 그 상가는 총 5층으로 되어 있는데 손님이 많은 그런 상가는 아니었다. 전에는 정말 잘되던 새벽시장 상가였지만 점점 남대문 시장이 죽어 가고 동대문 시장이 활성화되던 시기였다. 그래서 그 상가는 3층까지만 운영을 했던 것이다. 다들 한 번쯤은 가 봤을 것이다. 동대문 새벽시장. 일명 도매시장이다.

밀리오레, 두타 이런 곳을 말하면 다들 알 거다. 그렇게 2평 남짓한 옷 가게들이 즐비하게 늘어져 있는 옷 가게 상가이다.

그 상가의 매점에 내가 아르바이트하러 갔던 것이다. 그 어두운 곳에서 한참을 기다렸다. 정확히 1시간 넘게 기다렸다. 그리고 나니 에스컬레이터에서 툭툭툭 움직이지 않는 에스컬레이터를 걸어서 올라오는 소리가 들렸다.

"어~~ 아르바이트생인가?"

"예~ 오늘부터 아르바이트하게 된 김병기입니다."

그분은 에스컬레이터 앞에 서서 이야기했다.

"거기 어두우니까 이쪽으로 내려와."

그러시곤 다시 내려갔다. 나는 재빨리 따라서 내려갔다.

"어, 오늘부터 일하면 되고 얘기는 들었지? 시급 5천 원이야. 그리고 다음 날 아침 7시까지 일하면 되고."

"거기서 크게 할 일은 없어. 인터폰 울리면 받고 달라고 하는 거 갖다 주면 되고 돈 받으면 돼. 그리고 퇴근하기 전에 수금한 거 3층 8호로 가져와."

"거기 커피 우유하고 커피믹스 타서 주면 돼."

정말 이게 다였다. 이해가 안 갔다. 뭘 어떻게 하라고 하는 건지. 우선 난 매점으로 갔다. 정말 할 말이 없었다. 작은 냉장고 하나에 물 끓이는 버너 그리고 주전자.

그게 다였다. 아, 쟁반도 종이컵도 빨대도 있었다.

그렇게 멍하니 한 시간 넘게 앉아 있었다. 전화도 없다. 꼭 작은 무대 위에 혼자 조명을 받고 있는 한 편의 영화주인공이 된 듯한 느낌. 하지만 장르는 스릴러?!

그렇게 일일 아르바이트가 끝났다. 그 당시 아르바이트는 주급 즉, 일주일 단위로 계산해서 받았다.

'내일부터 가지 말까?!'

진짜 다니고 싶은 마음이 1도 없었다.

하지만 하루 가만히 있던 것이 너무 아까워 다음 날도 출근했다.

"오늘은 청소라도 하자."

이제부터 시작이었다. 그랬더니 정말 놀라운 일들이 일어나기 시작했다.

난 그랬다. 가만히 있는 스타일이 아니었다. 그리고 알았다. 뭐든 하면 되는구나.

'내가 생각하고 행동한다면 모든 할 수 있구나.' 그런 생각을 했다.

그때 내 나이는 고등학교 1학년 겨울방학 17세. 낭랑 17세?! 아니다, 18세지.

그래서 난 다른 친구들보다 세상을 좀 더 빨리 알았던 것 같다.

내가 시작한 것은 청소였다. 우선 주변을 정리하여 내 공간으로 만들기 시작했고 그렇게 하루, 이틀 거기서 일한 지 딱 일주일!

매점이라고 하는데 판매하는 것은 서울우유에서 나온 삼각형 커피우유, 그리고 믹스커피 그게 다였다. 그러니 누가 매점에서 시켜 먹겠어.

온종일 전화가 한 통도 없었다. 커피우유는 부족하면 앞 가게에 가서 사다가 보관하고 유통기한이 다 되면 버리거나 내가 먹었다.

그러니 장사가 될 일이 있나. 난 바꿔 보기로 했다. 하루에 매상이 진짜 많으면 2만 원, 매출이 없는 날이 더 많았다. 사실 미안한 마음이 더 있었다. 장사도 안 되는데 주급은 받아 가야 했으니까. 주변 청소를 깨끗이 하고 자리 배치도 바꾸고 내가 할 수 있는 모든 것을 했던 것 같았다. 그리곤 생각했다.

'어떤 메뉴를 더 넣어 볼까!?'

내가 할 수 있는 것들로 우선 생각해 봐야겠다. 그래서 메뉴를 연습장에 정리해 봤다.

우선 라면, 토스트, 샌드위치, 김치볶음밥 이 정도 선이었다. 사실 내가 할 줄 아는 것이 이런 것이 다였고 매점에서 뭘 팔아야 할지도 경험이 없으니 알 리가 있나.

그래도 중학교 때 누나들 어깨너머로 배운 라면, 토스트. 이게 대박이다. 샌드위치. 어떤 샌드위치냐, 에그샌드위치다. 그때는 그렇게 명칭을 하지 않았다. 그냥 샌드위치였다. 달걀을 삶아서 노른자와 흰자를 구분하여 으깨서 마요네즈와 설탕을 솔솔 뿌려 한 쪽 빵에는 흰자, 한 쪽 빵에는 노른자를 발라 두 개를 겹치면 되는 샌드위치다. 난 사실 요리에 관심이 많았다. 만약 누가 나의 재능을 알고 키워 줬다면 지금 '백종원'이 아니고 '김병기'가 있었을 텐데, 하고 또 혼자만의 생각을 해 봤다.

그렇게 메뉴를 구성해서 사장님께 보고?! 아니, 제안했다.

근데 그때 사장님은 나이가 나보다 5살이 많은, 사실 형이었다. 그 사장님께 '메뉴를 이렇게 늘리고 커피우유만 팔지 말고 바나나우유도 있고 초코우유도 있으니 같이 팔아 보는 건 어떨까요?'라고 제안했더니,

"네가 해 보고 싶으면 해 봐."

그런데 맨손으로는 할 수가 없었다. 투자가 들어가야 하는 상황이었고, 사장님께 '이런저런 부분이 필요합니다' 그랬더니 사 와서 해 보라고 하시면서 돈을 주셨다.

나는 그 돈으로 냄비와 숟가락과 젓가락, 그릇 등을 사 왔고 그 메뉴를 팔기 위한 소모품들을 모두 구매해 왔다. 그리고 메뉴판도 내가 직접 그려서 만들었다. 그때는 PC가 있어서 프린터를 해서 만들 수 있는 환경이 아니었다.

마침 동네에서 친구네 집이 문방구를 하고 있었는데 그 친구한테 부탁해서 내가 손수 쓰고 그린 메뉴를 여러 장 복사해서 코팅까지 부탁했다.

그렇게 판매를 하기 위한 모든 준비는 완료.

"자~~ 한번 시작해 볼까."

그런데 문제점이 생각났다.

"아니, 이러면 뭐 해. 아는 사람들이 하나도 없는데!"

그랬다. 신메뉴를 준비하고 새롭게 리모델링을 하면 뭐 하냐고. 이렇게 했다고 아는 사람이 나하고 우리 사장뿐인데.

그래서 다시 사장님한테 제안했다.

"사장님, 이렇게 우리가 새롭게 준비한 메뉴들을 여기 상가 사람들이

직접 먹어 봐야 주문할 것 같은데요. 돈 5만 원만 주세요. 제가 그 돈으로 다 만들어서 메뉴판과 같이 전부 돌리겠습니다."

사장님은 '좀 또라이 같은데' 이런 생각을 하셨을지도 모른다. 사실 그랬다고 했다. '완전 미친놈 하나 들어왔구나.'

그런데도 해 보라고 했던 건 사실 이 사장은 그 상가 회장의 손자였다. 매점은 어쩔 수 없이 운영이 돼야 하는 곳이었고, 운영비는 상가에서 나오기 때문에 아르바이트가 일을 하든 안 하든 상관이 없었던 것이었다. 운영비는 한 달 나의 월급보다 더 많은 비용이 나왔기에 내가 무엇을 하든 관심이 없었다고 했다.

상가 1층부터 3층까지 못 해도 한 층에 60개의 매장이 있을 거고, 그럼 총 180개의 매장인데 고작 5만 원 가지고 뭘 한다고?

이런 생각을 했다고 한다. 그렇다. 그 말이 맞다. 어림도 없는 금액이었다. 하지만 누가 하나씩 다 준다고 했나!

샘플이다. 시식이다. 누가 시식을 하는데 한 봉지를 다 주냐! 감질나야 주문한다. 먹고 싶어져야 주문한다.

그래서 그렇게 아침부터 출근 전까지 집에서 샌드위치만 계속 만들었다. 식빵 하나를 육 등분 하여서 다 일일이 호일로 싸서 준비했다.

그리곤 쟁반에 샌드위치와 메뉴판을 들고 1층부터 돌기 시작했다.

"저희 상가 매점입니다. 새롭게 메뉴도 나왔습니다. 많이 이용해 주세요."

"누나, 외부에서 라면 시키지 마시고 저희 매점에서 시켜 주세요."

그랬다. 난 라면을 진짜 잘 끓인다. 집에서 양배추, 당근, 양파를 다 준비해 왔다.

대파 그리고 달걀까지….

계란 탁, 파 송송.

그렇게 1층부터 3층까지 메뉴판과 샌드위치를 다 돌렸다. 메뉴판은 코팅이 안 된, 복사만 된 종이를 하나씩 돌렸다. 어차피 메뉴가 기억 못할 정도로 많은 것은 아니었기 때문에 가능했다.

신기하게도 메뉴판을 다 돌리고 매점으로 와서 조금 쉬려고 앉으려고 하는 순간,

삐~~ 삐~~ 삐.

인터폰은 따르릉이 아니다. '삐삐삐' 이런 소리다.

드디어 첫 주문이다. 전화를 받았다.

"학생, 2층 40호야. 이 샌드위치 맛있네! 그거 4개만 갖다줘."

아~~ 이런. 나는 홍보할 생각만 했지 판매할 생각은 못 했다. 이게 나의 큰 실수였다. 이렇게 홍보하는 순간 그날 당일이 가장 많은 매출이 발생할 거라고는 생각을 아예 못 했다.

난 판매할 물량은 전혀 준비를 안 한 상태였다.

"죄송합니다. 오늘은 드셔 보시라고 돌렸던 거예요. 장사는 내일부터 합니다. 죄송합니다."

난 기회를 놓친 걸까! 그렇게 다음 날 라면부터 샌드위치, 토스트 등 모든 준비를 하였다. 역시 샌드위치에 들어가는 속 재료는 내가 손수 집

에서 다 해 왔다.

토스트는 우리가 길거리에서 파는 계란프라이에 케첩, 설탕이 들어간 토스트가 아닌 식빵을 달걀물에 담갔다가 그대로 구워 내는 프렌치토스트였다.

왜냐면 매점에서는 전문적으로 요리를 할 수 있는 시설이 없었기 때문에 간편하게 조리할 수 있는 메뉴를 선택했어야 했기 때문이다. 안 그러면 내가 죽어나기 때문에….

그렇게 새롭게 장사는 시작되었고 하루 매출 2만 원도 안 되는 매점을 하루 20만 원 정도의 매점으로 바꿔 놓았다. 한 달 매출 3~4백만 원이 넘는 매점으로 재탄생시킨 것이다. 그렇게 나는 사장님께 인정받고 승진이 되었다. 어디로?!

매점이 아닌 옷 장사를 배울 수 있게 되었고, 또 다른 인생을 경험할 수 있는 기회를 얻게 되었다.

어린 나이에 난 다른 친구들과 다르게 사회를 빨리 경험하게 되어서인지 이런 모든 것이 바탕이 되어 지금의 내가 있지 않은가 싶다.

인생은 말이지 내가 하고자 하면 뭐든 이룰 수 있다는 것을 다시 한번 느끼게 되었다.

하지만 돈을 위해서 하게 되면 한계가 있을 것이다. 난 도전과 무엇이든 할 수 있다는 생각을 가지고 했다. 그래서 그 모든 것들을 이뤄 낼 수 있었다고 생각한다.

만약 "메뉴판도 이렇게 해 왔습니다", "시급 좀 올려 주세요", "뭘 어떻게 할 테니까 시급 좀 올려 주세요." 이렇게 계산하며 일을 했다면 돈이란 놈에 열정이 눌려 아무것도 이루지 못하고 성취감이라는 것도 느낄 수가 없었을 것이다. 돈은 내가 한 만큼 알아서 따라오는 것이지, 돈을 따라 가다 보면 한계가 있다는 것이다.

지금 세상을 살아가는 청년들에게 이 말은 꼭 해 주고 싶다.

자신의 능력, 자신의 학벌이 어떠니 난 최소 이 정도는 받고 시작해야지 이런 생각이면 개인 장사하세요.

뭐라도 해 보고 자신의 능력을 평가하세요. 생각만으로는 이루어지는 것은 절대 없습니다. 한발 움직여야 가능한 것입니다.

○ 내가 하는 일에 최선을 다하자

내가 하고 있는 일에 여러분들은 최선을 다해서 일하시나요? 우리는 항상 최선을 다하지 않습니다
때로는 내가 내키지 않는 일이 있으면 대충 해 버리거든요
습관도 있고 중요하지 않다는 생각이 드는 일은 성의 없이 처리하고, 꼭해야 할 일이 아니라고 생각 들면 할 생각조차 안 하기도 하고

내가 이렇듯 어떤 일에 최선을 다하지 않았을 때는 스스로 그런 생각이 듭니다. '무책임함' 그리고 '게으름'
이런 뒤에 느끼는 감정들에 때로는 한숨이 나오기도 합니다
삶은 복잡하게 얽혀 있습니다. 그래서 모든 일을 완벽하게 해내지 못할수도 있습니다

하지만 내가 하고 있는 그 일들이 누가 아무도 알아주지 않는 것이라도 최선을 다할 수는 있습니다. 누구 때문이 아니라 그것이 바로 나 자신에 대한 믿음이니까요

모든 일들은 내가 최선을 다해 열심히 했을 때 비로소 나에게 성취감으로 돌아오는 것입니다

타고난 운에 따라 일생이 결정지어진다는 건
우스운 이야기다.

모든 일에 항상 열심히 하는 이는 좋을 때를 놓치지 않아
도약의 뜀틀로 쓰고

나쁠 때도 기죽지 않고
눈에 불을 켜고 최선을 다한다면 이를 뛰어넘어
좋을 때를 거머쥘 수 있다.

'현대그룹 故 정주영 회장'이 한 이야기다.
인생은 타고난 것이 아니라 내가 어떻게 하느냐에 따라 인
생이 결정된다는 이야기다.

작품명 : 무죄

"자유… 표현의 자유는 무죄다."
어린아이가 신이 나서 행복한 표정으로 이리 뛰고 저리 뛰고 천방지축일지라
도 그 모습을 보고 있으면 너무도 밝고 행복하다.
이 작품은 어린아이의 마음을 색과 규칙 없는 정서로 표현한 작품이다.

에피소드 #5

왜 장기근속이야?

띵똥 띵똥.

"누구세요?"

"예… 우체국 전보입니다."

전보!!

우체국에서 등기처럼 우편물이 왔는데 전보다. 등기나 소포나 이런 건 알아도 전보는 처음 듣는 말이었다.

문을 열고 우편물을 받았다. 바로 뜯어 내용을 확인했다.

"김병기님 2001년 1월 18일부터 출근하시기를 바랍니다. 이력서에 연락처가 기재되지 않아 우편으로 통보해 드립니다."

나는 몇 주 전에 면접을 봤다. 약수동에 있는 송도병원에서 식품연구원을 뽑는다고 공고가 있어 이력서를 내고 면접 일자에 면접을 보았던 것이다.

그때는 따로 연락받아서 면접 일자를 받고 그런 것이 아니라 이력서를 넣고 면접 일자가 정해져 있어 그날 가서 면접을 보면 되는 시스템이었다. 면접 이후 결과에 대해 통보를 했어야 하는데 나는 내 이력서에 연락처를 기재하지 않았던 것이다.

결과 통보를 해야 하는데 연락할 방법이 없었던 것 같았다. 아니면 집으로 찾아오거나 우편을 보내는 방법이었던 것 같은데 이렇게 전보가 올 줄이라고는 상상도 못 했다.

그렇게 합격이라는 연락을 받고 바로 전화를 했다.

"아니, 이력서에 연락처를 기재를 안 하면 어떡해요. 1월 18일 날부터 출근하세요."

그렇게 나는 2001년 1월 18일 첫 출근을 하였다. 기대 반 설렘 반으로 회사에 출근하였는데 사무실이 어디인지 또 어디로 가야 하는지 몰라 이곳저곳 물어서 찾아간 곳이 영양과장실이었다. 병원이다 보니 그런 부서가 있었던 것 같았다.

영영과장실에 처음 들어서자, 나이가 지긋이 드신 여성 한 분이 계셨다.

"안녕하세요. 오늘부터 출근하게 된 김병기입니다."

"아~~ 예… 어서 오세요. 그런데 어떻게 연락처가 없어 한참을 고민했습니다. 집으로 찾아가야 하나! 어떻게 해야 하나! 이렇게 출근하게 되어서 반갑습니다."

그렇게 첫 인사를 하고 내가 근무해야 할 사무실로 안내를 해 주었고, 그곳은 다름 아닌 영양사들이 상주하고 있는 영양과였다. 사무실 문을 열고 인사를 시켜 주었다.

"오늘부터 우리 영양과에 함께 근무할 연구원입니다. 인사들 하세요."

그 사무실에는 두 명의 영양사가 있었고 빈 책상 한 곳이 있었다.

당연히 그 빈자리가 내 자리였고 그렇게 서로 인사를 하고 아무것도 없는 빈 책상에 멀뚱히 앉아 있는데 영양사 한 명이 말을 걸어 주었다.

"어디 사세요?"

"예, 전 성수동에 살고 있어요."

"그럼 출근을 어떻게 해요?"

"오늘은 택시를 타고 왔습니다. 주차를 어디에 해야 하는지 몰라서 우선 택시를 타고 왔습니다."

"차가 있으세요?"

"예…."

뭐가 궁금했던 것인지, 호구조사를 하시려고 하는 건지 참 궁금한 게 많은 분이셨다.

그렇게 이것저것 질문에 답해 드리고 나니 갑자기 "이 선생님, 배식 가야 해요" 그러고선 나만 남겨 두고 다들 자리를 비웠다.

이분들은 영양사이기에 환자, 실버타운의 노인분들 그리고 직원들 식사 배식 때문에 라운딩을 돌아야 했다. 라운딩이라고 하는 건 병실을 돌아다니면서 식사는 어떠신지 또는 금식이었다 식사를 하시는 분들에게 소화는 어떠신지 그리고 영양상담도 해 드리고 참~~ 많은 일들을 하신다.

그렇게 나만 남겨진 사무실에 컴퓨터 하나 없이 그냥 앉아 있기는 너무나도 힘든 시간이었다. 그렇게 하루, 이틀이 지나 모든 사무집기들이 갖추어지고 드디어 일을 할 수 있는 조건이 되었지만 어떤 일을 해야 하는지가 없었다.

사람이 채용되면 보통 어떤 업무, 어떤 일들 등등 인수인계라든가 보통 그런 것들이 필요한데 아무 지시가 없었다. 그렇게 3일이 지나던 날 드디어 영양과장님이 부르셨다.

"오늘은 이사장님 인사가 있습니다. 잠시 후 저랑 같이 이사장님께 인사를 드리러 올라갈 거예요. 준비하고 계세요."

병원의 이사장 즉, 보통 중소기업의 대표이사 같은 것이었다. 여기는 병원이기에 이사장이라는 호칭이 붙는 것이었다.

그렇게 이사장님께 처음으로 인사를 드렸다. 먼저 비서실에 가서 면담 요청을 했고 언제 들어가야 한다는 대기를 받았다. 그렇게 문 앞에서 대기를 하고 있다가 비서실에서 "이제 들어가셔도 됩니다." 그럼 들어가야 했다.

이사장님을 뵙는다는 것이 나에게는 긴장되는 일이었다. 잔뜩 긴장한 상태에서 이사장실로 들어갔다. 이사장님은 밖으로 나가시려고 의사 가운을 걸쳐 입으면서 내 앞으로 오셨다. 그리고선,

"어~~ 어서 오게나. 응, 앞으로 잘 부탁하네."

그리고 "김 비서, 나 수술실 갑니다"라고 말씀하시고 바로 나가셨다.

난 제대로 인사도 못 했는데 바로 나가시는 모습을 보고는 '뭐야~~~~ 이렇게 인사를 한다고?'

조금은 황당했지만 어찌하겠나. 회사의 대표이신 분이 나 같은 말단 사원까지 인사를 해 주시는 것만으로도 만족해야지 하는 생각으로 다

시 방으로 돌아왔다.

송도병원. 우리나라 최고의 대장항문병원이다. 유명 인사들도 모두 다 송도병원에서 대장항문 관련 수술 및 치료를 하는 곳이다. 서울에 병원만 대여섯 군데가 있었고 국내 최대 규모의 서울시니어스타워라고 실버타운까지 운영하는, 어떻게 보면 대기업이었다. 직원 수가 계열사를 모두 포함하면 천5백 명이 넘었으니까 대기업이라고 할 수 있었다. 그중의 한 명 신입으로 들어왔으니 내가 1501번째 직원인 셈이다. 진짜 최하위 말단 중의 말단사원이었다.

그래도 그렇게 이사장님이 인사를 해 주신 그것만으로 만족한다.

그렇게 회사의 적응하는 시간이 한 달이 되었고 나에게 엄청난 일이 일어났다.

바로 이사장님 호출이었다. 그동안 난 이 회사의 모든 것들을 알게 되었고 정말 높으신 분이라는 것을 알기에 정말 긴장된 상태에서 비서실로 올라갔다.

"저, 이사장님께서 찾으신다고 해서 올라왔습니다."

"잠시만요." 비서는 바로 인터폰을 한다.

"이사장님, 김병기 연구원 왔는데요."

"들어와."

"예."

"들어가세요." 전화기를 내려놓자마자 비서는 나에게 말했다.

난 조심스럽게 노크하고 문을 열었다. 옛 생각을 회상하면서 글을 옮기는데도 아직도 그 긴장감이 남아 있는 이유가 무엇인지 모르겠다.

이사장님은 책상에 앉아 계셨고 내가 들어가자마자 바로 회의탁으로 자리를 옮기셨다.

"자, 이리 앉게."

"예."

"응, 이게 뭔지 아나."

이사장은 동그란 통에 들어 있는 식품 같은 것을 나에게 내밀며 말씀하셨다.

그건 바로 '콘실 차전자피'였다. 이 제품이 무엇이냐고?

식이섬유다. 대장항문병원이다 보니 치질 또는 치핵 환자들이 수술하고 나면 반드시 먹어야 하는 제품이었다. 하지만 이 제품은 그냥은 먹을 수가 없다. 분말로 되어 있는 이 제품은 그냥 섭취했을 경우 식도가 막혀 사망에 이를 수가 있는 제품이다. 입자 하나가 40배 이상 수분을 흡수하여 팽창하는 특징이 있는 제품이라 그냥 구강 섭취하기에는 정말 위험한 제품이다. 그래서 꼭 물에 희석해야 섭취가 가능한 제품이다. 이사장님은 이런 제품의 특징 때문에 환자들이 맹물에 이 제품을 타서 먹는 모습을 보고 편리하게 쉽고 맛있게 먹을 수 있는 제품의 개발을 나에게 요구하셨다.

"김병기 씨가 한번 만들어 보도록 하세요."

"예, 알겠습니다."

그렇게 그 제품을 받아서 내 사무실로 내려왔다.

우선 이 제품이 어떤 제품인지 알아야 했고 맛도 보고 이것저것 제품에 대해서 정보를 찾아보고 제품의 특징을 먼저 파악했다.

나에게 주어진 숙제는 이 제품을 어떻게 편리하게 직접 섭취하는가였다.

그렇게 하루, 이틀을 이 제품을 먹어 가면서 여러 고민에 빠져 있었고 이 제품을 가지고 여러 방법으로 가공을 시작했다. 제품의 특성을 살려서 양갱도 만들어 보고 젤리도 만들어 보았다. 나는 샘플을 만들 때마다 이사장에게 보고를 했었고 직접 관능 평가도 하였다.

하지만 항상 돌아오는 대답은 "NO", "아니야. 다시". 정말이지 몇 번을 그렇게 "다시"라는 말을 들었고 점점 의욕도 상실해 가고 있었다.

그 이유는 연구실이었다. 나의 연구실은 제대로 된 연구실이 아니라 직원 식당 한쪽 조리장이었다. 조리 테이블에서 칭량저울과 비커 등을 가져다 놓고 거기서 이것저것 가공실험을 했던 것이고 변변한 실험장비도 없었다.

그런 곳에서 무슨 개발을 하고, 어떤 좋은 아이디어가 나오며, 어떤 제품 개발을 하라는 건지 나에게는 점점 시련만 다가왔다.

하루는 정말 안 될 것 같다고 생각했고 내가 그만두든, 아니면 이 상황에 대해서 말씀을 드려야겠다고 생각했다.

하지만 직접 대면하여 이사장님께 말씀드리는 건 말단 직원으로 하기에는 너무나도 큰 용기였고 과연 미팅 허락을 해 주실지도 의문이었다. 그래서 선택한 것은 편지였다.

저녁 늦게까지 사무실에 앉아 정말 잘릴 때 잘리더라도 해야 할 말은 하고 그만둬야겠다는 생각으로 편지를 써 내려가기 시작했다.

편지의 내용을 다 기억하지는 못하겠지만 그래도 지금까지 기억에 남는 글은 이 글 하나였다.

"이사장님께서 보지 못하시는 저 음지에서 회사를 위해 부단히 노력하고 있는 직원들이 있습니다. 그런 직원들의 이름 한 자는 알아주셨으면 좋겠습니다."

이 글이 25년이 지난 지금도 기억에 남아 있다는 것이 신기하다.

자세히는 기억이 없지만 나의 상황에 대해서 자세히 편지를 쓴 것 같았다.

"연구실 하나 없이 어떻게 좋은 제품을 개발하며, 환경적인 부분이 밑바탕이 되어야 연구에 전념할 수 있을 것 같습니다."

주된 내용이 이런 내용이었고 이런 내용의 편지를 결재판에 넣어 비서실로 올려 보냈다. 결재를 올리고 나니 마음이 너무도 편안했다.

그렇게 다시 난 내 업무를 진행했고 답변이 올 때까지는 나의 업무에 충실해야겠다고 생각했다.

그렇게 한 주가 지났다. 난 이제 그만두는 것인가!! 또 하루가 지났다.

드디어 비서실에서 연락이 왔다.

"내일 오전 10시까지 이사장님께서 올라오시라고 합니다."

구두상의 답변이 아니라 대면 미팅을 요청하신 것이다. 걱정도 되고 긴장도 되었다.

무슨 말씀을 하시려고 하는지 궁금했지만, 한편으로는 걱정이 되었다. 혹시나 일반 사원이 이사장한테 버릇없는 행동을 한 것인지 그런 것들이 걱정되었다.

다음 날 아침, 출근부터 긴장하였다. 9시에 출근하여 10시까지 기다리는 시간이 너무도 오랜 시간 같았고 10시가 오지 않았으면 하는 생각도 들었다.

그렇게 시간에 끌려 난 이사장실로 향하고 있었고 비서실이 가까울수록 긴장감이 더 커졌다.

"안녕하세요. 연구원 김병기입니다. 오늘 10시에 이사장님하고 약속이 되어 있습니다."

"예, 바로 들어가시면 됩니다. 기다리고 계십니다."

날 기다리고 계셨다고?! 무슨 말씀을 하시려고 기다리기까지 하셨을까!

똑똑.

"김병기입니다."

난 문을 열고 들어갔다. 이사장님은 책상이 아닌 회의탁에 앉아 계셨다.

이사장님 앞에는 노트와 펜이 있었다.

회의탁 옆으로는 작은 창이 있었는데 항상 그 창에서는 햇빛이 비치고 있었다.

그날도 어김없이 창에서 강한 햇살이 비추고 있었다. 꼭 함께 회의라도 하는 것처럼 회의탁 한자리를 차지하고 있었다.

그렇게 햇살이 비치는 옆자리에 자리했다. 이사장님은 바로 말문을 열었다.

"연구실이 필요하다고? 연구실을 만들어 주면 바로 결과를 낼 수 있겠나?"

나는 자신이 있었다. 뭐든 해낼 수 있는 자신이 있었다.

"예, 할 수 있습니다." 내 의지를 200% 느끼실 수 있도록 대답했다.

이사장님은 그 대답이 마음에 드셨는지, 아님 나의 의지를 느끼신 것인지 바로 말씀하셨다.

"그럼 양평에 연구실을 만들어 줄 테니 연구실에 필요한 집기들 구매 리스트를 올리도록 하세요. 구매 관련해서 본부장을 붙여 줄 테니 그 본부장하고 상의하여 구매할 수 있도록 하세요. 그럼 된 건가?"

"예, 열심히 해 보겠습니다."

그렇게 회의가 끝나고 나는 바로 내려왔다. 나오는 길에 뒷머리를 만져 보니 식은땀이 주르륵 흐르고 있었다. 긴장을 많이 하고 있었던 것 같았다.

그렇게 사무실로 돌아와 자리에 앉아 있는데 전화 한 통이 걸려온다.

"예, 김병기 연구원입니다."

"나 ○○○ 본부장인데 이사장님 지시 내려온 것 있죠? 구매할 거 비교 견적 받아서 한 번에 취합하여 보고하도록 하세요."

무슨 일이든 지시가 내려오면 바로 실행이 되었다.

나는 우선 실험장비부터 검색하였고 연구장비회사 이곳저곳에 연락하여 견적서도 받고 제품 매뉴얼도 받았다. 그리고 종로의 사이언스골목에도 가서 집기류 즉, 일반 초자기구들을 필요한 만큼 견적을 받아 왔다.

그렇게 실험장비가 하나둘씩 구매가 되고 초기기구들 및 실험테이블 등 조금씩 실험실다운 연구실을 구성하였다.

그렇게 모든 준비가 완료되고 드디어 양평에 있는 연구실로 출근하는 날이었다.

연구실은 지하 1층이다. 밖에서 보면 1층이기도 하다. 거기는 언덕에 있는 건물이라 정문은 건물을 돌아 뒤에 있기 때문에 로비 층이 1층이 기에 층수로 보면 거기는 지하 1층이 되었던 것이다.

이제 본격적으로 실험을 하기 위한 계획을 세워야 했다. 하지만 뭘 먼 저 해야 할지 생각이 나질 않았다.

기존에 있던 '콘실 차전자피'라는 제품을 먹기 쉽게 만들어야 했는데 그 제품을 어떻게 먹기 쉽게 만드느냐가 중점사항이었다. 차전자피 분 말을 어떻게 쉽게 먹느냐인데, 아무리 생각해도 답은 없었다.

하루는 제과점을 갔다. 머랭을 만드는 것을 우연히 보게 되었는데 계 란 흰자를 거품을 내어 거기에 설탕을 조금씩 부어 거품을 단단히 만든 다. 난 그런 원리를 알고 있어서 그걸 보는 순간 설탕을 녹여서 코팅해 야겠다는 생각이 문득 들었다. 그날이 일요일 쉬는 날이었다. 난 모든 걸 내려놓고 바로 실험실을 향해 양평으로 차를 몰고 달려갔다. 오후 느 지막이 양평에 도착했고 하늘에는 노을이 지고 있었다.

노을을 보며 담배 한 대를 피우며 생각했다. 어떻게 실험을 해야 할지 고민하고 계획을 하여 실험실로 들어가 바로 실험을 시작했다.

먼저 설탕을 녹이는 실험부터 진행했다. 하지만 설탕은 가열을 하면 갈색화, 즉 갈변이 되면서 타기 시작했다.

"이렇게 해서는 안 되겠는데." 그래서 물을 조금 넣어서 설탕을 완전히 녹였다.

그래도 맑은 색의 설탕물이 나오지 않았다. 그래도 우선 녹였으니 코팅을 해 보자 해서 차전자피 분말을 설탕 녹인 물에 넣고 코팅을 시작했다.

쉽게 말하면 탕후루다. 과일에 설탕 코팅하는 모습과 같은 것이다. 단지, 과일이 아니고 작은 분말 입자 하나하나 코팅을 하는 것이다.

코팅은 생각한 것처럼 잘됐고 결과는 성공이었다. 차전자피 분말은 코팅되어 세립 형태의 입자가 되었다.

결국 개발에 성공한 것이다. 하지만 완벽한 것은 아니었다.

몇 번의 실험을 연속하여 해 보았다. 결과는 같았다. 성공이다.

내일 보고할 생각에 들뜬 기분으로 결과물을 잘 포장해 놓고 실험실을 정리하기 시작했다.

다음 날 아침 샘플을 챙겨 약수동으로 달려갔다. 가는 동안 비서실에 연락해 놓고 급하게 이사장님께 보고드릴 사항이 있다고 미팅 시간을 물어보니 오전 시간은 괜찮다고 오라고 했다.

그렇게 약수동에 도착해서는 비서실로 향했다.

"지금 이사장님 미팅 가능할까요?" 숨이 찬 목소리로 급한 사람처럼 말했다.

"지금은 ○○○ 이사님 들어가 계셔서 조금 기다리셔야 합니다."

"예, 기다리겠습니다."

나는 대기실에 앉아서 설레는 마음으로 대기하고 있었다.

"지금 들어가시면 됩니다." 비서실에서 말을 해 줬다.

똑똑.

"이사장님, 안녕하세요."

"어~~ 그래, 어쩐 일로?"

"예, 드디어 개발 완료하였습니다. 차전자피를 먹기 쉽게 코팅하였습니다. 샘플을 가져왔습니다. 한번 드셔 보세요."

그렇게 가져온 샘플을 컵에 물을 따라 드리면서 드셔 보시라고 했다. 우선 샘플을 입에 털어 넣고 물을 드셨다. 그리고 물을 삼키시면서 약간 놀란 듯한 표정을 하셨지만, 표정을 드러내시려고 하지 않으셨다.

난 육감적으로 이사장님의 기분을 알 수가 있었다.

너무도 놀라는 그런 표정이었고 '어떻게 이걸 만들었지' 하는 생각을 하신 것 같다. 그리고선 이렇게 말씀하셨다.

"입에 들러붙는데. 40점이야. 좀 더 안 붙게 다시 좀 만들어 보지? 근데 어떻게 만들었나?"

나는 차근차근 노트에 그림을 그려 가면서 상세히 설명해 드렸다.

이사장님은 우선 샘플을 100개 정도를 만들어 오라고 했다.

난 그렇게 회의를 끝내고 다시 양평으로 향했다. 다음 날 바로 가져가기 위해서 샘플을 만들기 시작했고 100개 이상의 샘플을 만들어 냈다. 그리고 바로 보고를 하러 갔고, 보고하고 다시 양평으로 내려왔다. 이제는 잠시 숨을 돌릴 수 있는 시간이 생겼다. 개발한 내용을 정리도 하고 여러 가지 방법들을 또 생각했다.

20년이 지난 지금도 아직도 그 코팅 비율은 잊히지가 않는다. 차전자피 76.3%, 설탕 23.7%. 얼마나 많은 샘플을 만들고 실험했으면 그 숫자가 아직도 내 기억에 남아 있는지 필자의 노고가 느껴질 것이다.

그렇게 하루, 이틀이 지나면서 난 다른 생각이 들었다. 설탕이 아니고 다른 걸 써 보면 어떨까 하는 생각을 했고 원료를 찾기 시작했다. 사실 설탕으로 코팅하면 색상이 누런빛이 나왔다. 그래서 투명한 색을 낼 수 있는 것이 뭐가 없을까를 생각했고 설탕을 분석하였다. 그렇게 보다 보니 설탕의 녹는점이 보였다. 녹는점이 높아지면 갈변현상이 늦어질 텐데 그럼 녹는점이 높은 무언가가 없을까를 생각했다.

모니터를 보고 있는데 애 책상 모서리 부분에 자일리톨껌이 눈에 들어왔다. 자일리톨.

"그래, 자일리톨. 당알코올류는 녹는점이 높지…!"

그래서 바로 마트에 가서 자일리톨을 찾았다. 하지만 그 당시 자일리톨은 마트에서 판매하지 않았다. 이유는 소비자가 어떻게 쓰는지 모르기 때문에 상품성이 없어 제품화된 것이 없었다.

원료업체에 문의를 했는데 가지고 있는 샘플이 있다고 하여 바로 찾으러 갔다. 서울에 갔다 양평에 돌아온 시간은 자정이 다 되어 가는 시간이었고 바로 실험에 들어갔다. 받은 자일리톨 원료를 가열하여 녹는 상태를 확인하였고 결과는 당연히 성공적이었다.

나는 흥분된 기분으로 내일 보고할 생각에 기분이 너무 좋았다.

"분명히 내일 보고하고 나면 샘플을 만들어 오라고 하실 거야. 그냥 오늘 샘플을 만들어서 내일 가자!"

그렇게 샘플 100개 이상을 또 만들고 포장했다. 샘플을 다 만들고 나니 새벽 4시 정도가 되었다. 하지만 잠은 오지 않았다.

내가 실험실에 관해 소개를 안 한 것 같다.

실험실은 20평 정도 되는 큰 공간이었고 20평 중 3분의 1은 사무실로 나머지는 모두 실험실 장비로 채웠다.

실험실 장비는 가공 실험실이기에 분석기기보다 가공실험기기가 더 많이 있었다. 작은 리본 믹서기부터 건조기 등등 말 그대로 가공 실험실이었다.

사무공간에는 책상 하나에 라꾸라꾸 침대가 있었다. 그때 당시 이사장님은 나에게 항상 하는 말이 있었다.

"연구원은 잠도 자지 말고 밥도 먹지 말고 화장실도 가지 말고 연구해야 해."

"시간은 돈이야."

이사장님이 연구실험을 찾아오는 날이면 항상 그 이야기를 하셨다. 진심은 아니시라는 것을 안다. 그 정도로 열심히 해도 연구란 것은 결과물을 얻어 내기 힘들다는 것을 간접적으로 말씀하신 것 같았다.

난 진짜 그렇게 했다. 잠도 화장실도 안 가고 식사도 안 하고 실험을 할 때가 많았다. 나는 기숙사가 별도로 있었지만 거의 들어가서 사용해 본 기억이 없다. 왜냐면 나에게는 라꾸라꾸 침대가 기숙사였으니까.

그리고 화장실과 샤워장이 같이 나란히 있었다. 그 새벽 4시에 잠을 자면 안 될 것 같고, 우선 생각을 했다. 지금 샤워를 하고 서울로 가면서 24시간 운영하는 식당에서 아침식사를 하고 약수동에 6시에 도착해서 이사장실 앞에서 대기하면 시간이 되겠구나.

그런 생각으로 부지런히 움직였다. 아침에 제일 먼저 보고하고 딱 그날 하루만 쉬고 싶다는 생각이 절실했다. 분명히 이렇게 보고하면 들어가서 쉬라고 하실 거라고 혼자만의 생각을 하고 있었다.

난 약수동에 도착하여 이사장실 바로 앞에 대기실 소파에 앉아 있었다.

아직 시간이 아무도 출근할 시간이 아니었다. 청소 때문에 모든 불은 켜져 있었고 그렇게 대기실에서 앉아 있는데 잠이 오기 시작했다. 나도 모르게 앉아서 잠이 든 것이다. 한 손에는 샘플팩을 들고 한 손에는 다이어리를 들고 그대로 잠이 들었다. 이사장님은 새벽 6시 반 정도에 출근한다. 늦으셔도 7시에는 출근을 하신다.

내가 대기실에 도착한 시간은 6시였다. 그러니 고요하고 따뜻하고 잠이 올 수밖에 없었다.

그렇게 잠들고 지난 시간은 6시 반. 이사장님이 오는 시간이었다. 그때까지도 난 잠을 자고 있었나 보다.

"여기서 뭐 하나? 여기서 잔 건가?"

"아닙니다. 어제 밤을 새우고 보고하러 왔는데 잠시 대기하다가 잠이 든 것 같습니다."

"그래도 잠은 자야지."

이사장님이 매번 연구실에 와서 했던 말하고는 달랐다…. 하지만 기분은 좋았다. 이사장님이 그렇게 생각해 준다는 것이 기분이 좋았다.

"그래, 들어오게나."

이사장님의 말투는 이랬다.

"음~~ 김 실장앙~~", "음~~ 김 부자앙~", "음~~ 김 본~ 부자앙~~"

10년이 지난 지금도 그 목소리는 잊을 수가 없다.

그렇게 이사장실에 들어가 어제 실험했던 모든 사항을 보고드리자 샘플까지 드셔 보시고는 이번에는 점수를 말씀 안 하셨다. 정말 흡족해하셨다.

그리고 이사장님은 이 대답으로 100점이라는 말씀을 대신하셨다.

"이거 바로 특허 진행합시다."

그러고선 어디론가 바로 전화를 하셨다.

"여보시오, 나 이사장인데. 김 연구원이 개발한 제품 특허 등록을 좀 해야겠는데."

바로 변리사에게 전화하신 것이다. 그런데 그 시간이 아침 7시였다.

이사장님은 시간은 중요하지 않았다. 누구든 다 그렇게 일찍부터 일을 해야 한다는 생각을 가지고 계시는 분이다. 그래서 그렇게 성공을 하신 분이라고 생각한다.

"어떤 서류를 드리면 되죠?"

변리사가 연락이 와서 특허 서류를 작성해야 하니 실험한 내용을 기재해서 달라고 했다. 난 특허 명세서를 자세히 써서 드렸고 드디어 특허 출원이 되었다.

조금 아쉬운 것은 출원자도, 개발자에도 내 이름은 없었다는 것이다.

그때 난 아무것도 몰랐을 때였다. 최소한 개발자라도 이름이 올려졌으면 좋았을 텐데.

나중에야 알게 되었고 돈보다는 난 그렇게 열심히 해서 좋은 결과가 있었으니 그 만족감으로 괜찮았다. 그렇게 특허출원을 하고 그 개발 제품을 양산하기 위해 이사장님은 공장을 매입했다.

이사장님은 의사가 아니고 사업가였다. 추진력이 너무 좋았고 어떤 부분을 검토를 하시고 진행하는지 난 그때는 알 수가 없었다. 하자고 하면 해야 했고 지나고 나면 알게 되는 부분이 더 많았다.

사실 이 제품 하나 특허 받았다고 공장을 매입할 것이라고는 상상도 못했고 이 제품 하나만 만들기 위한 공장으로서는 규모가 큰 공장이었다.

건강기능식품을 생산할 수 있는 공장을 알아보시고 매입하시는 것이다. 그것도 현금으로 말이다.

그때가 2003년 4월이다. 벌써 20년이 지난 시간이구나.

내가 개발한 제품 하나 때문에 이사장님은 공장을 매입했다. 그리고 공장 전체를 리모델링을 하였고 그다음 해인 2004년에 건강기능식품이 제정되었다.

우리는 2005년 3번째로 GMP 인허가를 받은 공장이 되었고 건강기능식품 식이섬유 제품을 생산하는 공장이 되었다.

공장을 만들기까지도 많은 일들이 있었고 그 내용을 이 책에 쓰기란 너무 범위가 넓어서 제일 기억에 남는 일들을 쓰려고 한다.

공장은 경기도 광주시 오포읍에 위치한 공장이었고 회사명은 '정은헬스케어'다.

난 말하자면 송도병원서부터 정은헬스케어 그리고 다시 송도병원에서 퇴직했다.

13년 동안 한 회사에 다닌 것이다. 내가 그렇게 일할 수 있던 이유는 단 한 가지다.

내가 열심히 하는 모습을 알아주는 대표가 있다면 그 회사에 모든 걸 걸 수 있어야 한다.

난 그랬다. 내가 뭘 하든 우리 이사장님은 다 알고 계셨다. 그리고 알아봐 주셨다.

인정을 받았다. 내가 한 것에 대해서.

그래서 난 장기근속할 수 있었던 것이다.

누구에게 보여 주기 위한 일이 아닌 회사에 도움이 되는, 나 스스로가 만족하는 일을 해야 한다.

그러고 나면 분명히 자신에게는 성취감이 돌아온다. 그 몇 배의 성취감이 온다.

그리고 뭐든 할 수 있게 된다.

사람이 못 하는 것은 없다. 다만, 안 해서 그런 것이다.

사람은 뭐든 할 수 있다. 자기 자신을 믿어라! 그러면 분명히 할 수 있다.

하루는 이사장님과 같이 차를 타고 장시간 이동해야 할 때가 있었다.

'오색그린야드호텔'을 인수한 초창기여서 모든 것들을 정비해야 할 때였다. 내가 왜 이사장님과 같이 차를 타고 갔는지 정확히 기억은 없지만 그 가는 동안에 차 안에서의 대화가 기억이 난다.

이사장님이 나에게 이런 질문을 했다.

"김 본부장, 자네는 나를 어떻게 생각하나?"

"예~~??"

"나 말이야. 어떤 사람 같아?"

갑자기 이사장님이 본인을 어떤 사람이냐고 물어보셔서 당황하기도 했다.

그래서 솔직히 내가 하고 있었던 생각을 그대로 말씀드렸다.

"예…. 전 이사장님께서 아주 냉철한 분이라고 생각합니다. 왜냐면 직원이 그렇게 많은데 그 어떤 직원도 그냥 내치시지 않으셨습니다. 그리고 결정이 빠르신 분 같습니다."

내가 두서없이 이렇게 말씀을 드려도, 내가 무슨 말을 하는지 이사장님은 알아서였다.

이사장님은 그 직원이 자기 직무가 적성에 맞지 않아서 또는 환경이든 사람이든 일하는 조건이 맞지 않아 그만두는 것을 알고 있다. 그래서 퇴직하려고 하는 사람들을 부서 이동을 시킨다.

"그러면 자네는 어떤 부서에서 일해 보고 싶나?"

그쪽으로 부서를 이동시키고 아니면 이사장이 판단해서 부서 이동을 시킨다.

그렇게 이동한 부서에서 적응을 잘하면 그렇게 근무하는 것이다. 그렇게 내가 두서없이 대답해도 알아들으셨던 것이다. 그리곤 다시 이사장님은 나에게 이런 말을 했다.

"김 본부장, 지금 자기가 있는 위치에서 회사를 바라보는 것과 나의 위치에서 바라보는 것은 많은 차이가 있을 거네. 분명히 김 본부장도 나의 위치에서 볼 수 있는 날이 올 거야. 그때 내가 왜 이런 질문을 했는지 그리고 왜 이런 말을 하는지 그때 알게 될 거야."

이렇게 말씀하신 게 아직도 기억에서 지워지지 않았다.

그렇다. 내가 정말 대표라는 자리에 앉아서 보니 왜 그런 말씀을 하셨는지 알 것 같았다.

대표는 보고 있지 않아도 느낌으로 모든 것을 안다. 어디에 뭐가 잘못되고 있는지 자리에 앉아 있어도 그 누구에게도 보고받지 않아도 공기의 흐름이나 직원들의 움직임 그리고 직원들에게 느껴지는 분위기 그리고 표정에서 알 수가 있다.

그렇게 정말 많은 것이 보인다. 이사장님이 했던 말들이 대표가 된 지금에서야 알게 되는 것이 많다.

사람은 자기가 말하는 대로 되는 것 같다.

나는 그 당시 직장 생활을 하면서 부하직원에게 그런 얘기를 했다.

"난 이 회사의 대표가 될 거야. 내가 모든 것들을 관리하고 내가 대표가 되면 너희들이 더 많이 도와줘야 한다."

이렇게 말하고 다녔다.

결국 그 말은 이루어졌고, 내 나이 29살, 난 그 회사의 본부장이 되었다. 모든 회사 경영을 내가 혼자 결정하고 진행해야 했다. 즉, 부사장이 된 것이다.

나에게 주어진 것들은 경영을 위한 최소 운영 인원이었다. 그 당시 우리 회사는 본사에서 운영비용을 받아야 하는 상황이었고 매출이 그렇게 좋은 상황이 아니었다.

우선 고정지출을 줄이는 방안을 세웠고 어쩔 수 없이 인원 감축을 해야만 했다.

영업부를 폐쇄하고 쓸데없는 부서들도 모두 폐쇄하였다. 디자인팀, 홍보팀 등 모두 잘라냈다. 그리고 30명 이상이던 직원들을 나를 포함하여 12명으로 감축시켰다. 그렇게 하나하나 정리를 시작하고 내가 직접 영업을 시작했다. 전국에 있는 대장항문병원을 모두 찾아서 직접 찾아다니면서 영업했고 오프라인 영업을 위주로 운영하였다.

지금 시대라면 온라인 마케팅을 적극 활용하여 오히려 상황이 더 좋았을 텐데 그때 당시에는 온라인 마케팅 초기라 알고 있는 것이 미비했다. 그리고 나 또한 그 방법에 대해 몰랐기 때문에 어려운 상황이었다.

어린 나이에 많은 경험을 해 보게 된 것이 지금의 나를 만들지 않았나 생각해 본다.

한 직장에서 10년 이상의 근속을 하고 일반 사원서부터 한 회사를 경영까지 해 본 경험과 경력이 지금의 나를 만들지 않았나 생각한다.

요즘 흔히 말하는 MZ세대의 20대의 사회 초년생에게 전달하고 싶은 메시지가 있다.

"나를 알아주는 누군가가 있다면 끝까지 포기하지 말고 한번 그 길을 가 보는 것도 바쁘지 않다는 거, 어차피 그게 아니었다 하여도 여러분들에게는 앞으로의 시간이 더 많이 남아 있을 테니까 하지만 결코 그 믿음은 배신하지 않는다는 것입니다."

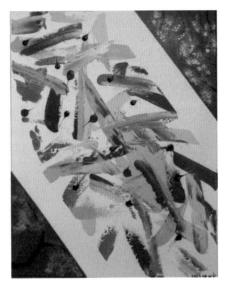

작품명 : 씨앗

"우리는 새로운 세상을 만들고 있다."
하나의 씨앗이 싹이 트고 한 송이의 꽃이 피어난다.
새롭게 싹이 트고 새로운 모습으로 나 자신 또한 그렇게 보아라.

○ 반복의 일상

우리의 삶은 어떻게 보면 같은 반복의 일상이다
해가 뜨는 아침을 맞이하고…
출근과 등교를 하고…
퇴근과 하교를 하고…
밤을 맞이하고…
하루 일과를 마치며 잠을 청한다

항상 같은 일과 속에서 살고 있다
이런 반복들이 우리에게는 언젠가부터 습관이 되어 왔다

하지만 이런 반복이 우리를 살아 있게 하고
움직이게 한다

때로는 이런 반복과 습관에 지치기도 하지만
그럴 땐 우리는 어떻게 하는가?

이런 반복 속에서 지치지 않게
스스로 해결 방안을 찾지 않는가?

여행을 떠나고, 산책을 하고, 운동을 하고, 취미생활 하며,
때로는 술에 기대어 하루를 돌아보지 않는가!
이런 반복에 지치지 않기 위해서…

하지만 누구나 다 마찬가지일 것이다
반복과 습관!

이런 반복에 지치지 않는 자가 성공할 것이다

○   오르지 못하는 산은 없다

산을 오르지 않고 정상을 갈 수는 없다

정상을 오르기 위해서는

한 걸음씩 정상을 향하여 올라야 한다

우리에게는 빈 가방 하나만 주어진다

그 가방에 무엇을 담느냐는 당신이 결정하는 것이다

경험을 쌓아 가면서

성취감도 넣고 때로는 실수도 할 수 있다

그 실수도 함께 넣어 가는 것이다.

그렇게 차근차근 정상을 향해 오르다 보면

어느새 정상에 와 있을 것이다

○ 나침반

이 세상에는 참 많은 사람들이 있죠
그 경쟁 속에서 나는 누구보다 빨리 달려야 해요
그래야 성공하니까

그렇다고
너무 앞만 보고 달리지는 마세요.
한 번쯤은 뒤돌아보는 것도 좋아요

너무 치이며 달리다 보면
나로 인해 넘어지는 사람도
있을 테니까요

한 번쯤은 뒤도 돌아보고 가세요

그럼 내가 어떻게 살아왔는지 알 수 있어요

한 번쯤은 돌아보세요

그럼 다음 발걸음은 어디로 향해야 할지

알게 될 테니까

○ 무죄

"야, 너는 못하는 게 없어
뭐든 잘하는 것 같아"

왜? 그렇게 보여?

아니야, 내가 잘하는 게 아니고

너희가 안 하는 거야

사람들은 대부분이 그래

저 사람이 못 하니까 나도 못 할 거야

아니야

못 하는 게 아니고 안 하는 거야

사람은 누구나 다 할 수 있어

단지 지금까지 안 했던 것이지

똥파리와 꿀벌

2013년 4월 1일 이날이 무슨 날일까?

이날은 내가 사업자등록을 한 날이다. 나는 2013년 3월 31일 날 전 직장에서 퇴사하였고 퇴사한 다음 날 사업자등록을 하였다. 하루의 공백도 없이 다음 날 바로 사업자를 낸 것이다. 내가 왜 그렇게 한지 모르겠다. 아마도 의욕이 앞서서 그런 것 같다. 나의 사업장은 제조업이었다. 나는 건강기능식품 제조업에서 근무를 하였고 그래서 아는 것이 제조업뿐이었다. 내가 먹고살아야 하는데 할 줄 아는 것이 이것뿐이니 당연히 이쪽 일을 해야지.

세상에는 "영업사원이 나와서 사업을 하면 흥하고 연구원 출신이 나와서 사업을 하면 망한다"는 이야기가 있다.

"난 연구원 출신인데!"

"망했구나."

"하하하."

웃자는 소리로 주변 사람들과 사업자등록을 한 기념으로 술 한잔하면서 농담으로 한 소리였다.

하지만 곧 현실이 되었다. 사업 초기부터 힘들었다. 의욕과 열정은 하늘을 찌를 정도로 높았지만, 사업을 처음 하는 나에게는 참 힘든 일이었다.

제조업이니 제조해야 하는데 제조할 제품이 없었다. 당연히 영업을 몰랐으니 자사 제품을 기획하였고 제품을 만들면 그냥 팔릴 줄 알았던 것이다.

'딱 망하기 좋은 생각'이었다.

첫 신제품이 나왔고 이 제품을 팔기 위하여 이곳저곳 돌아다니기 시작했다.

그래도 직장 생활하면서 아는 주변 분들의 도움으로 이 사람, 저 사람들을 소개 받았고 그 소개해 주신 분들이 또 소개를 해 주시고 여러 사람 그리고 여러 유형의 사람들… 이렇게 사업을 하다 보니 별 사람들을 다 만나 보았다.

"사업이라는 거 생각하는 것처럼 쉬운 일이 아니구나."

하루는 지인의 소개로 일산에서 미팅이 있었다. 제품에 관심이 많아서 만나서 이야기를 하고 싶다고 해서 차를 몰고 설레는 기분으로 한걸음에 달려갔다.

"저희와 계약하시고 한 달에 얼마씩 지불하시면 저희가 판매처를 소개해 드리고 대형유통사 관계분들을 소개해 드리겠습니다."

이게 뭔 멍멍이 소리냐.

그렇게 미팅을 마치고 나와서 너무 기운이 빠지고 매번 이런 식의 미팅을 여러 번 하다 보니 내 자신이 너무 초라하고 의욕이 없어졌다.

"참. 내가 이렇게 능력이 없구나."

나 자신에게 화도 나고 주변 사람들이 모두 다 사기꾼 같고

'날 이렇게 바보로 생각하는 건가. 내가 그런 거 판단 못 하는 바보로 보는 건가.'

그런 생각들만 들었다.

보통 사람들은 이런 일이 있고 속상한 마음에 술이라도 한잔하는데 난 술 먹을 시간도 돈도 아까웠다. 내가 못나서 그런 건데.

"그런 못난이한테 돈을 쓴다고?"

난 아까워서 그 돈을 쓸 수가 없었다.

"술은 무슨 술, 회사 들어가서 일이나 해!"

나는 나에게 그렇게 명령하였다.

그렇게 시간이 지나서 생각이 든 것이 있었다.

'그래, 난 똥이야. 내가 똥이니까 똥파리만 꼬이지. 내가 더 열심히 해서 꼭 꽃이 되리라. 내가 꽃이면 똥파리가 아닌 벌들이 꼬이겠지.'

내가 지금도 하는 말이다. 평생 내가 죽을 때까지 잊히지 않을 말이다.

똥에는 똥파리가 꼬이고, 꽃에는 벌들이 꼬인다.

다른 사람들의 기준으로 옳고 그름을
나누지도 판단하지도 말아라.
오직 나에게 보이는 것을 믿어라.

○ 날 용서해

절대 포기하지 않는 날 용서해

분명히 될 거라고 믿어

그래서 포기할 수 없어

포기하면 모든 것이 다 끝날 것 같아

그래서 포기할 수 없어

포기하고 싶어. 때로는

하지만 포기하기 싫어

나에게 행복이 있어

그 행복들이 나에게 포기하지 말래

그래서 더욱더 포기하기 싫어

지금 이 순간에도 손짓을 해

포기하지 말라고. 절대 포기하지 말라고

○ 내가 나에게

다시는 지우지 않으려고
다시는 되돌리지 않으려고
내 마음 깊숙이 다짐하고 또 다짐해 봐
지금의 이 순간도 스쳐 지나가겠지
지금 우리 앞에 있는 저 산도 스쳐 가겠지!
저 높은 산을 올라 다시 내리막길에서 굴러
만신창이가 되어도
툴툴 털고 일어나면 되겠지?

○   이기련다

날지도 못하면서 날아 보겠다고 안간힘을 다해 보는
한심한 인간이여
자기 처지도 모르면서 오로지 날고 싶다는 생각만으로
날갯짓하려는 인간이여

무엇이 그렇게 날고 싶게 했는지
어디로 그렇게 날고 싶어 했던 것인지
날 수만 있다면
날아오를 수만 있다면
무엇이든 다 할 수 있으리라 생각했건만 다 부질없는
생각뿐

한참을 생각했지…

부질없는 생각은 곧 절망의 늪이라는 말
지금의 시련은 내일의 희망이라는 말

지금 당장은 아니더라도 지금은 아니더라도

누구를 위해서가 아닌 자신을 위해서라도

조금씩 조금씩 일어서 보려 한다

한 발 한 발 앞으로 나가 보려 한다

한껏 한껏 날갯짓하여 날아 보려 한다

지금의 시련이 내일의 희망이 있는 그날까지

작품명 : 마음의 평온

"화창한 날 햇빛을 바라보고 있으면 어느새 눈이 감긴다."
푸르른 숲속에서 일어나 나무 사이로 들어오는 햇빛을 보며 나도 모르게 눈
이 감기게 되는 상상을 하며, 평온함을 느껴 본다.

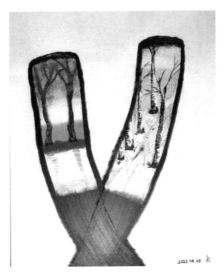

작품명 : 하나의 나무

"누가 당신에게 말을 걸어 옴은 당신과 친해지고 싶음입니다."

서로 다른 계절을 뜻하지만 결국 같은 장소, 같은 사물이 계절이 변화하면서
바라보는 느낌과 보는 시각이 다를 뿐이다. 결국 같은 곳에서 자라고 있는 사
물이니까.

구파발 터널의 뜨거운 눈물

나는 꽃이 되기 위해서 사람들도 가려서 만났고 우리 회사 제품을 팔기 위해서 해 보지 않은 것들이 없었다.

생각나는 것이 그것이었다. 몸으로 뛰는 것.

우리 회사에 직원은 딱 한 명이었다. 전 직장동료였고 우리는 그 친구를 '슬'이라고 불렀다. 그 친구와 난 전단을 만들어 동대문 시장을 돌았다.

우리는 새벽시장 상인들을 상대로 건강에 좋은 홍삼 제품을 판매하기 위하여 전단과 홍삼 파우치 하나를 손수 포장을 해 가면서 만들었고, 저녁 9시에 동대문 시장 상가를 돌면서 하나씩 하나씩 상인들에게 돌리기 시작했다.

지금 생각하면 정말 원시적인 홍보 수단이었다. 지금 이렇게 글을 쓰면서도 입가에 미소가 저절로 생긴다. 어이없기도 하고 추억이기도 하고 그렇게 자정이 다 되어 가는 시간 동안 전단을 돌리고 배가 고파서 상가 앞 포장마차에서 만두와 떡볶이를 먹고 집에 들어왔던 기억이 난다. 그 '슬'이라는 친구는 본인 회사도 아닌데 정말 자기 회사처럼 나보다 더 열심히 전단을 돌리고 상인들이 물어보는 질문에 하나라도 어떻게든 팔아 보려고 했던 그 모습이 아른거리는데 코끝이 찡해 온다. 고맙고 감사하고, 잘해 주지도 못했으면서 고생만 시켜서 미안했구나.

힘들 때 들어와서 더 힘들 때 본인 꿈을 찾아서 갈 수 있어서 다행이었다. 그때는 한편으로는 밉기도 하고 한편으로는 내가 잡고 있는 건 아니라고 생각했고 그 친구의 인생도 있는데 "내가 이런 상황인데 나와 같이 가야 해" 이러는 것은 더욱더 아니었다. 그 친구는 어딜 가든 충분히 성공할 친구였다. 어떤 일이든 본인 일이라고 생각했고 책임감이 강한 친구였다. 나와 10년을 근무했는데 그때도 어떤 일을 하든 자기 일이라고 생각하고 '책임감' 하나는 최고였다. 그래서 지금은 어느 만두 회사의 임원진으로 근무하고 있다. 이렇게 글을 쓰면서도 옛 기억들이 내 눈앞에 스쳐 지나간다.

참 힘들었지만 행복했구나. 이런 것들이 추억이구나. 나에게는 이런 모든 것들이 행복한 추억으로 기억된다.

우리 회사는 그렇게 아날로그식의 홍보와 마케팅을 했던 회사였다. 인터넷쇼핑몰이 이곳저곳 다 있었는데 말이다. 티몬, 위메프, 11번가 등등 그렇게 초창기에 전단지 홍보를 하고 지인을 통해서 온라인쇼핑몰 판매를 잘하시는 분을 소개받았다.

그분이 누구냐고?

지금의 우리 회사 최장기 거래처, 나와는 '절친'이라고 한다. 그때 이회사의 회사명은 '제니스커머스'였다. 지금도 그렇다. 이 회사의 대표는

'이영윤', 이영윤 대표다. 이분을 그냥 이 대표라고 하겠다.

이 대표님과 첫 만남은 이랬다.

"부천 저희 사무실로 오세요."

이 대표님의 처음 전화 통화는 건달이었다. 그냥 건달이었다. 하하하.

정말 좋은 사람, 그냥 시원시원한 남자인 사람이다. 어떻게 보면 아기 같기도 하고 저렇게 보면 너무나도 순수한 사람 같고, 내가 정말 사랑하는 사람이다.

그런데 그때는 그랬다. 명함도 아닌 문자로 주소만 딸랑 보내왔다. 내가 아쉬우니 찾아가야지.

인터넷쇼핑몰 판매를 어떻게든 배워야 하고 우리도 이제 팔아야 하니까 그렇게 우리가 생산한 제품을 한 박스씩 들고 난 부평으로 향했고 조금의 설렘을 가지고 갔다. 혹시 이분도 '똥파리'일 수도 있으니. 하지만 내가 아쉬워서 내가 어떻게 판단할 수 있는 기준이 없었기에 우선 만나봐야 판단을 할 수 있을 것 같아서 찾아갔다.

"저, 이영윤 대표님과 약속이 있어서 왔습니다."

"사장님이요? 없어요."

아직도 기억이 선명하다. 계단을 올라 2층으로 갔는데 철문이 있었고 문을 지나면 왼편에는 갈색의 원형으로 앉는 부분이 다 해진 아주 오래된 가죽 소파와 직사각형의 티테이블이 있었고, 창에서 내려오는 눈이 부신 햇살이 비추고 있었다.

바로 앞 철제로 된 선반에 이런저런 가지각색의 제품들이 올려져 있었고 그 앞에 있는 책상이 이 대표님 책상 같았다.

직원은 '여기는 이렇게 손님이 찾아오고 할 곳이 아닌데'란 눈빛으로 쳐다보았지만 날 소파로 인도했고 바로 전화기를 들었다.

"사장님, 손님이 오셨는데요." 나를 쳐다보며 말했다.

"어디시죠?"

"예, 소울네이처푸드 김병기 대표입니다."

"사장님, 무슨 네이처인데요. 약속했어요?"

조금은 모자란 듯 조금은 알 수 없는 듯 이해하기 좀 힘든 그런 분이었다.

"사장님이 깜빡하셨대요. 담에 오세요."

이게 전부였다. 그냥 돌아가야 하는 상황이었다. 그래도 여기까지 왔으니 내가 직접 이 대표님께 전화했다.

"대표님, 제가 우선 제품은 놔두고 가겠습니다. 한번 드셔보시고요. 연락 부탁드리겠습니다."

그렇게 아무 연락이 없이 한 달이 지났고 내가 먼저 다시 연락했다.

"대표님, 저번에 제품 놔두고 간 소울네이처푸드 김병기 대표입니다."

"예, 그런데요?"

이 대표님은 직설적이다. 아주 직설적이다. 용건이 없으면 대화가 안 된다.

나는 용건이 있었다. 내 제품 좀 팔아 달라는 용건이었다.

"이거 단가가 얼마예요? 주실 수 있는 단가 주시면 한번 볼게요."

이게 통화가 다였다. 다음 날 다시 전화해서 사정을 말씀드렸고 인터넷쇼핑몰에 대해서 배우고 싶다고 부탁을 드렸더니 다시 보자고 했다.

그렇게 우리의 첫 만남이 시작되었고, 이 대표님은 점점 오히려 본인이 궁금한 것을 나에게 더 많이 물어보았다.

우리 제품에는 관심이 전혀 없었다. 그때 당시 이 대표님은 '허벌라이프' 제품들도 판매하시고 있었고 이것저것 돈이 되는 건 다 팔고 계셨다. 그중에 가장 관심이 있으셨던 건 '다이어트 쉐이크'로 체중조절용 조제식품이었다.

나에게 허벌라이프 제품을 보여 주시면서,

"이거랑 똑같이 만들어 주실 수 있으세요?"

"그럼요. 더 좋게 만들어 드릴 수 있어요."

나는 무엇이든 돈을 벌어야 했기 때문에 바로 가능하다고 말했다.

사실 우리 회사는 분말 제품을 만들 수 있는 시설이 아예 없었다. 그런데 이 대표님이 문의한 제품은 분말 제품이었다. 난 우선 뭐라도 해야 했기 때문에 가능하다고 하고 어떻게든 가능하게 하면 된다고 생각했다.

사람이 안 해서 못 하는 것이지 뭐든 할 수 있다. 더 절실하면 더 잘할 수 있다.

사실 나는 그 당신 회사를 운영해야 하는데 매출이 없었기 때문에 돈을 벌 수가 없었다. 직원은 한 명 있는데 월급을 줘야 하는데 매출이 없으니 줄 수 있는 돈이 없었고, 난 다른 회사에 제품개발 이사로 겸직하면서 거기서 받은 급여로 반은 직원을 주고 반은 내가 가져갔다. 하지만 급여가 많은 것이 아니었다. 직원이 200만 원을 가져가고 내가 160만 원을 가져갔다.

그렇게 회사를 운영하고 있을 때였다. 이 대표님의 요청으로 나는 내가 제품개발 이사로 근무하고 있는 회사 대표님께 "저희 회사에서 임가공을 드릴 테니까 제조원은 저희 회사로 해서 나갈 수 있을까요?"라고 여쭤 보았고 흔쾌히 허락해 주셨다.

생산할 수 있는 방법은 찾았고 이제 이 대표님의 발주만 남은 상태였다.

그 이후에 일산에서 미팅하자고 하셔서 일산에서 만났다.

"저희가 만들어 드리겠습니다. 대표님이 원하시는 대로 뭐든 다 만들어 드리겠습니다."

이 대표님은 이런 것 저런 것 물어보시고,

"예, 대표님. 연락드릴게요."

그렇게 30분 정도 미팅을 하고 다시 회사로 돌아오는 길이었다.

외곽고속도로를 타고 구파발 쪽 터널을 막 들어섰을 때 전화벨이 울렸다.

이 대표님이었다. 운전 중이라 회사에 도착해서 다시 전화를 드릴까 하다가 혹시 몰라 바로 전화를 받았다.

"예, 대표님."

"대표님, 진행하시죠."

"아~ 예. 대표님, 감사합니다. 잘 만들어 보겠습니다."

그랬다. 우리 회사 첫 개발 제품이 드디어 발주가 들어온 것이었다.

나는 전화를 끊고 기분이 너무 좋았다.

갑자기 나도 모르게 눈가에서 뜨거운, 정말 뜨거운 눈물이 흐르기 시작했다.

그때의 그 감정이 다시 떠오른다. 글을 쓰는 지금도 눈가에 촉촉이 고이는 눈물은 그때의 감동이 아직도 살아 있다는 뜻인 걸까. 그동안 고생했던 힘들었던 기억들이 그 한 마디에 모두 사라졌다. 뭐든 할 수 있을 것 같았다. 창밖으로 보이는 모든 것들이 다 나를 위로해 주고 있었다. 터널 안의 조명들은 차가 달리면서 하나씩 지나가면서 보이는 모습이 나에게는 축하의 폭죽으로 보였고 흐늘거리는 갈대와 수풀들은 하나같이 나에게 손을 흔들어 주며 손뼉이라도 쳐 주는 것 같았다.

"그동안 고생 많이 했어."

"이제부터는 잘될 거야. 걱정하지 마."

"힘내, 병기야. 잘할 수 있어."

"해낼 수 있어."

그렇게 모든 것이 내 눈에 보이는 모든 것이 즐거웠고 행복했다.

특히 이 대표님께 너무 감사했다. 이렇게 부족한 나에게 대표님의 주문은 이 세상에 하나뿐인 큰 선물이었고 행복이었다.

나는 크리스천이다. 독실한 크리스천은 아니지만 그래도 달리는 차 안에서 주님께 감사의 기도를 드렸다.

"주님, 감사합니다. 부족한 저에게 이렇게 큰 선물을 주셔서 감사드립니다."

나는 독실한 크리스천은 아니었지만 매주 교회에 가서 기도를 드렸고 새벽 5시에 새벽기도를 갔다가 매번 출근했다. 그때는 독실한 크리스천이었는지도 모르겠다. 기댈 곳이라고는 주님뿐이었다.

그렇게 차 안에서 뜨거운 눈물을 회사에 도착할 때까지 흘렸던 기억이 있다.

하늘은 그 사람이 견딜 수 있을 만큼의 시련만 주신다고 한다. 그동안의 시련들은 더 큰 도약을 하기 위한 발판을 만들어 보라고 시간을 주신 것이라고 생각했다.

사업을 해 나가는 길! 성공의 길!

사실 그런 길 같은 건 없다고 난 생각한다. 성공의 길! 나는 그냥 내가 하고 있는 일을 하는 것이고, 내가 하고 싶은 일을 하는 것이다. 그 일에 충실하고 열심히 한다면 그것이 곧 길이 될 것이고 누군가 내가 가는 길을 보고 저게 성공의 길이라고 말해 줄 그날까지 난 열심히 오늘도 달릴 것이다.

길이라는 것은 결국 내가 가는 곳이니까.

그렇게 이 대표님의 첫 제품을 시작으로 우리 회사는 어느덧 직원 수가 50명에 가까워졌고 연 매출은 100억이 넘는 회사로 성장하였다.

10년이 걸렸다. 우리 회사가 2013년에 창업을 했으니 10년 차의 식품 회사 '소울네이처푸드'가 지금의 길을 만들어 왔던 것이다.

앞으로 더 높이 더 멀리 날기 위해 날갯짓하려고 한다.

작품명 : 설산

"정상의 끝이 있는가?"

오르고 또 올라도 결국 언젠가는 내려오게 되어 있는 것이다.

인생에도 오를 때가 있으면 내려올 때도 알아야 하는 법.

○ 후회일까, 행복일까?

어떤 것이 그렇게 후회가 되니?

후회되는 일들!

생각하고 고민한다는 것은 아직 후회가 뭔지 모르는 거야

왜? 후회돼?

네가 아직 몰라서 그런데

후회는 네가 아무것도 없다고 느낄 때 그때 찾아온단다

○　뭐가 문제야?

넌 이 세상에서 가장 행복한 가족과

너를 이 세상에서 가장 사랑해 주는 사람들과

네가 이 세상에서 그 누구보다 아끼고 사랑하는

아이가 있는데

그게 후회가 되니?

넌 후회란 말조차 몰라

그런 생각 하기 전에 네가 가진 행복을 먼저 생각해 보렴

그런 행복들이 네가 아무리 후회되는 일이 있다고 해도

네가 가진 행복보다 작기 때문에

네가 절실히 느끼지 못하는 거야

네가 가진 행복이 다 사라진 후에 정말 후회하기 전에

지금의 행복을 소중히 간직하고 힘내라

싱글파파

"아빠, 사랑해요."

"난 아빠가 제일 좋아."

"아빠~~~ 귀~여워."

우리 아이들이 매일같이 하는 말이다. 우리 큰딸 '김소윤', 우리 둘째 아들 '김예준'. 내가 이 세상에서 가장 사랑하는 사람이다.

큰딸 소윤이는 올해 12살 5학년이고, 둘째 예준이는 올해 7살이다.

나는 이 아이들을 키우고 있는 아빠다. 난 이 아이들과 셋이 한 집에 살고 있다.

그렇다. 나는 애들 엄마 없이 혼자 아이들을 키우고 있는 싱글파파다.

혼자서 애들 키우는 게 뭐가 자랑이라서 이야기하냐고?

그렇다. 자랑은 아니다.

자랑하려고 꺼내는 이야기가 아니다. 혼자 아이들을 키우는 엄마, 또는 아빠들과 함께 공감하고 싶은 이야기가 있어 함께 나누려고 하는데 괜찮겠지? 그럼 시작해 보겠다.

작품명 : 행복트리

"아이들과 세 식구가 새로운 집에서 살기 위해 준비하는 동안

행복한 나무라는 이름으로 행복을 꿈꾸며 그린 작품."

나는 개인 사정으로 이혼이라는 것을 하게 되었다. 누구의 잘못도, 어느 한 사람의 잘못도 아니다. 그냥 함께 살아갈 수 있는 상황이 아니었고, 아이가 있음에도 불구하고 따로 살아야 하는 삶을 선택해야 했다. 하지만 더 노력하고 배려했다면 이혼하지 않았을 수도 있었을 것이다. 하지만 지금 이렇게 각자 살게 되었고 난 아이들과 함께 살게 되었다.

내가 걱정이 되는 것은 하나다. 우리 아이가 부모들의 이기심으로 인해 상처를 받지 않았을까 그리고 그 상처를 어떻게 치유해 줘야 하는지. 그것이 나에게 남겨진 숙제인 것이다. 큰딸인 소윤이는 이혼 사실을 알고 있다. 그리고 둘째 예준이는 이혼이란 것을 사과하지 않는 것으로 알고 있다.

하루는 아이들과 함께 저녁을 먹고 있었다. 텔레비전 프로그램에서 가족에 관한 내용이 나왔고 서로 싸우다가 화해하는 그런 내용이었다. 저녁 식사를 하고 있는데 예준이가 갑자기 그런 말을 하는 것이다.

"이제 아빠랑 엄마도 화해해."

웃음이 나왔다. 하지만 그 웃음 뒤에는 뭔가 뒤통수를 얻어맞은 것 같았다. 뭘 알아서 이렇게 얘기하는 거지? 7살의 아이 생각에서 나올 수 있는 것이 과연 무엇일까! 이혼이란 것을 다 알고 말하는 것인지, 그냥 엄마와 아빠가 싸워서 화해하라고 하는 것인지 조금은 이해하지만 정확히 알기에는 내가 7살의 아이가 되지 않고서야 알 수 없었고 이유를 물어보기도 그랬다.

"예준이는 왜 그렇게 생각해?"라고 하기에는 다시 그 기억을 떠오르게 하는 것 같아서 싫었고 나 역시 그런 얘기를 다시 하고 싶지 않았다.

그렇게 예준이가 얘기를 하자 옆에 있던 소윤이가 말했다.

"예준아, 그런 게 아니야."

소윤이는 충분히 이해하고 있기 때문에 그렇게 얘기한 것 같았다.

우리는 그렇게 3명이 한 집에서 산 지 벌써 반년이 지났고 이제는 매우 익숙하게 지금을 살고 있다.

"이제 일어나세요. 김~~예~~준~~ 일어나요."

"아빠, 나 오늘 뭐 입어?"

소윤이가 물었다.

"아빠가 소파에 옷 챙겨 놨어! 그거 입어. 오늘 추워서 따뜻하게 입어야 해."

"예~~준~~아, 늦게 일어나면 누나 늦어요. 빨리 일어나요."

우리는 아침에 참 바쁘다. 나는 6시 40분에 일어나서 씻고, 준비하고, 아이들 아침을 준비한다. 하지만 매일 아침을 해 주지는 못한다. 내가 10분만 더 늦게 일어나거나 예준이가 늦게 일어나면 챙길 수가 없다. 그래서 우리 집 냉동실에는 항상 핫도그가 준비되어 있다. 전자레인지에 2분을 돌리고 우유 한 잔 또는 주스와 함께 아침을 대신한다.

난 뭘 먹냐고? 하하하, 부모라면 다들 공감하실 텐데 난 애들이 남긴 핫도그와 우유 또는 주스를 마신다. 그리고 모든 그릇은 식기세척기에 넣어 둔다.

"예준아, 엘리베이터 눌러."

"소윤아, 머리 빗 가져와."

"사랑하는 우리 딸, 오늘도 재미있게 놀다 와."

난 항상 웃으며 아침을 행복하게 해 주려고 한다. 항상 사랑한다는 말과 아이들을 안아 준다. 아침의 시작은 반드시 웃음과 행복을 느끼게 해 주기 위해서다.

아이들은 아침에 짜증을 많이 낸다. 특히 고학년으로 올라갈수록 그렇다. 사실 누가 옆에서 짜증을 내면 이 짜증이라는 놈은 바이러스와 같아서 짜증이 전달된다.

나까지도 짜증이 올라오기 시작한다. 그 감정 조절을 잘해야 한다. 나까지 짜증을 내면 우리 가족들의 분위기는 그냥 울상이다. 그렇기 때문에 항상 "참아야 한다. 참아야 한다. 참자" 하고 나에게 주문을 외운다.

그리곤 예준이는 유치원에 데려다준다. 항상 예준이는 유치원 문 앞에서 나를 꼬옥 안아 주고 들어간다. 그런데 그게 무슨 느낌인지 알 것 같다. 나도 그런 걸 느꼈기 때문에 내가 힘이 들 때나 때로는 그냥 위로받고 싶을 때 누군가에게 안겨 있으면 그렇게 포근하고 마음이 안정된다. 그 느낌이 너무 좋다. 그래서 그런지 예준이는 그 느낌을 아는 것 같다. 항상 내 품에서 1분 정도를 안고 들어간다.

마음의 안정을 찾고 들어가는 것 같았다. 그 마음을 알기 때문에 내가 그 손을 뿌리치면 마음이 흐트러질까 봐 예준이가 스스로 돌아서 들어가기 전까지 놔둔다.

그리곤 큰딸 우리 소윤이 등교를 시킨다. 차 안에서 항상 머리를 쓰다듬고,

"사랑해, 소윤아. 오늘도 행복하게 보내다 와."

그럼 소윤이가 대답한다.

"아빠, 사랑해요. 다녀오겠습니다."

그렇게 아이 둘을 등원과 등교를 시키고 난 회사로 출근한다. 그럴 때면 가슴이 꽉 찬 느낌이다. 마음이 단단해지는 느낌이다.

그렇게 하루의 시작을 연다. 아이들이 행복해하는 모습을 보면서.

처음에 6개월 동안은 아이들을 봐주는 선생님이 없었다. 없던 것보다 찾지를 못하였고 나 자신도 내가 어떻게 아이들을 돌봐줄 수 있을까 하는 생각이 더 컸기 때문에 맘시터분을 채용할 수가 없었다. 나도 어떤 패턴으로 생활해야 할지도 모르고, 아이들도 어떤 생활방식이 될지도 모르는데 어느 부분에서 맘시터가 필요한지 몰랐기 때문에 내가 직접 해 보기로 했다.

회사에서는 매일 5시 반에서 6시 사이에 퇴근해야 아이들의 저녁과 아이들을 돌볼 수 있었다. 큰딸 소윤이는 학교가 끝나고 수학학원, 영어학원을 갔다 오면 5시 반이었고 예준이는 유치원에서 끝나 태권도에 가면 6시 반까지 내가 픽업을 해야 했다.

그렇게 퇴근을 하면서 오늘 아이들 저녁은 뭐로 먹일까, 어떤 반찬을 해 주지 하는 생각으로 즐거웠다. 난 요리를 좋아한다. 어릴 때부터 요리에 취미가 있었다. 냉장고에 남아 있는 식재료를 가지고 어떤 요리를

해야지 할 정도의 수준이었다.

하루는 만둣국, 하루는 부대찌개, 하루는 김치찌개, 한번은 된장찌개. 사실 이러고 보니 다 내 입맛에 맞춰서 식사 준비를 했나 생각이 든다.

처음에는 직접 재료를 사다가 반찬을 만들었고 찌개와 국은 말할 것도 없이 내가 직접 손수 다 해서 저녁 식사를 준비했다.

하지만 지금은 대부분 반찬가게에서 주문한다. 왜냐면 언제까지 아이들만 신경 써서 매번 회사에서 일찍 퇴근할 수 있는 것이 아니기 때문에.

난 회사 대표라고 하지만 대표라고 해서 매번 개인 사정에 맞춰서 할 수 있는 것은 아니다. 그렇게 해서도 안 되고. 내가 그렇다.

아이들에게는 조금 미안하지만, 우리가 잘살기 위해서는 회사도 그만큼 중요하기 때문이다.

"예준이가 먼저 씻어요."

"왜 맨날 내가 먼저 씻어. 누나는 맨날 두 번째야."

항상 그랬다. 항상 하기 싫은 건 나중에 한다고 한다. 본인이 원하는 건 제일 먼저가 되어야 하고, 하기 싫은 건 맨 나중이다. 아이들이라서 그런 거겠지.

누나도 똑같다. 다들 씻기를 싫어한다.

왜 그러지? 항상 궁금하다.

"그럼 소윤이가 먼저 씻어요. 예준이는 누나 씻고 바로 씻어야 해. 학습지도 해야 하니까."

그렇게 아이들을 씻기고 나는 무엇을 하냐. 집 안 청소를 한다. 나는 밥을 먹었냐고? 물론 항상 같이 식사한다. 식사하면서 하루에 있었던 일들을 서로 이야기한다.

"예준이는 오늘 친구들하고 재미있게 놀았어요?"

"소윤아, 오늘 학교에서 뭐 했어?"

하루에 있었던 특별한 일들 또는 본인이 즐겁고 기억에 남는 일들을 서로 이야기해 준다.

그렇게 아이들이 씻고 있을 때 나는 청소기를 돌린다. 진공청소기를 돌리고 물걸레 청소도 하고 이곳저곳…. 난 지저분한 것을 싫어한다. 정리가 안 되어 있거나 뭔가 지저분하면 머릿속이 정리가 안 된다. 그리곤 식기세척기를 돌리고 빨래도 돌린다.

그렇게 아이들과 저녁 일과를 마치고 예준이는 9시, 소윤이는 9시 반에서 10시 사이에 잠이 들게 한다. 그럼 나는 언제 자냐고?

애들 키우는 부모님들의 자유시간은 아이들이 잠들고 난 다음이다. 난 그때부터가 자유시간이다. 참~ 평온하다. 그리고 그때부터 피로가 몰려온다.

그럴 때면 아이스아메리카노를 한 잔 탄다. 집 냉장고에는 항상 맥주가 가득하다.

내가 먹지는 않는다. 가끔 한잔하지만 거의 마시질 않는다. 혼자 먹는 술은 맛이 없다. 그래서 먹지 않는다.

하지만 그 맥주는 사라진다. 왜냐, 가끔 '김승환'이라는 놈이 와서 먹어 치운다. 그래도 난 채워 둔다.

그렇게 아이들이 다 잠든 것을 보고 나도 하루를 마무리한다. 그 시간은 자정을 넘기는 시간이다. 그렇게 지금도 생활하고 있다. 하지만 이제는 익숙하다.

힘들지 않다. 익숙함보다는 그냥 행복이다. 아이들과 하루를 시작하고 하루를 마무리하고 나는 아빠기 때문에 그게 힘들지 않다. 육체적인 피로는 있을 수 있다. 하지만 아이들을 보고 있으면 그 피로는 사라진다.

이게 행복 같다. 내가 가진 행복과는 반대로 육체적인 피로만 생각했다면 일주일도 그렇게 지내지 못했을 것이다. 하지만 또 반대로 생각하면 이런 아이들이 있기 때문에 내가 있는 것이라고 생각한다. 이 정도 피로는 충분히 감당할 수 있기 때문에, 아빠라는 이름 때문에 나는 오늘도 산다.

작품명 : 상상트리

"크리스마스의 트리.

아이들과 함께 만들어 보는 상상 속의 크리스마스트리."

○ 한숨

보통 사람들은 힘든 일이 눈앞에
오게 되면 힘들어하거나 좌절하거나
그 힘겨움을 표현한다

그런데 정말 힘든 일이 내 앞에 온다면
그 어떤 것으로도 표현할 수 없을 것이다
정말 힘들어 아무것도 할 수 없으니까

아무도 모른다
힘든 걸 그 어떤 것으로도
풀어낼 수가 없으니까

그냥 시간이 해결해 주는 것이다

내가 잡으려 해서 잡을 수 있는 것이
아닌 것과 같이
이것이 세상 이치인 것이다

누가 그 어떤 누구도 경험해 보지
않고 말할 수 있는 것이 아니다

오늘은 그냥 아무 말이라도 하고 싶었다
그 어떤 말이라도

○ 아빠

"아빠, 다녀오셨어요"

하루에도 수십 번을 불러도 지겹지 않은 그 단어, 아빠

12살 그 아이에겐 더 이상 부를 수 없는 단어가 되었고

그 아이 곁에는 이젠 아빠가 없었다

그 12살 아이가 어느덧 어른이 되어, 아빠가 되었다

12살 이후 아빠란 소리를 말하지도 듣지도 못하였는데
어느덧 아빠라는 소리를 듣고 있다

슬플 때도 아빠
기쁠 때도 아빠
힘들 때도 아빠
행복할 때도 우리 아이는 아빠라고 한다

아빠, 참 정겨운 소리 아닌가

나의 곁에도 그런 아빠가 있었는데

가끔 나는 생각한다. 나에게도 우리 아이처럼

아빠라고 부를 수 있는 아빠가 있었으면

하고 말이다

추운 겨울 늦은 밤 불그스레한 얼굴로 항상

우리 아들 하시면서 자고 있는 나를 안아 주셨다

아빠에게서 느껴지는 찬바람 냄새

가죽점퍼에서 나는 찬 공기 냄새

난 아직도 기억이 선한데

그런 아빠는 없다

그 냄새가 너무도 좋았는데

다시는 느낄 수 없는 기억 속의 추억이 되어 버렸다

그리곤 그 손에 들려 있는 센베이과자

땅콩이 송송 박혀 있는 삼각형의 과자
지금은 어디에서도 그 맛을 볼 수가 없다

그런 아빠가 보고 싶다

○ 사탕가게

동생 몰래 다녀온 사탕 가게
사탕 하나 골라 먹으니
달달구리
맛있는 사탕

동생 몰래 먹어서 그런지
벌써 마지막
한번 깨물어 보니
와다다닥 오도독
이 깨지는 소리

작품명 : 애틋함

"사랑, 그리움, 애틋함, 사랑하는 사람이라면 누구나 한 번씩 느껴 보는 감정
들이다. 추운 겨울날 서로를 그리워하며 꿈에서라도 볼 수 있을까 하며 상상
하며 그려 본다."

작품명 : 낭만

"가을 숲길을 걷고 있는 한 남자의 추억."

버킷리스트

버킷리스트(Bucket List).

죽기 전에 꼭 한 번쯤은 해 보고 싶은 것들을 정리한 목록을 의미한다.

어떻게 보면 이제는 다른 사람과 달리 나는 조금은 자유라는 표현을 쓰고 싶다.

나에게 여유가 생긴다면 어떤 것이든 할 수 있고 해 보고 싶은 삶을 살아 보는 것. 그런 거에 있어서 다른 사람과 달리 자유라는 표현을 쓸 수 있는 것 같다.

그럼 내가 원하는 삶이 무엇일까, 내가 행복해지려면 뭘 해야 할까 그런 것들이 궁금했다.

그리고 그러고 싶었다. 내가 나에게 줄 수 있는 선물이 바로 '버킷리스트'였던 거다.

그건 곧 나만의 행복이었다. 이 책을 쓰기 전부터 나는 작은 소원들이 있었고 이미 이뤄진 것들도 있어서 그런 내용들까지 모두 정리해서 새롭게 하고 싶은 것들과 함께 새로 나의 버킷리스트를 정리해 보았다.

첫 번째, 캔버스에 유화 물감으로 그림 그리기.

두 번째, 바이크를 타고 전국 일주하기.

세 번째, 아이들과 세계 일주하기.

네 번째, 에세이 또는 시집 내기.

다섯 번째, 70세 때 아버지의 일생과 나의 일생이 담긴 자서전 내기.

나의 버킷리스트는 그렇게 큰 꿈은 아니다. 내가 정말 할 수 있는 것을 버킷리스트로 잡아야지 너무 큰 꿈을 꾸는 건 사실 이루어지지 못하는 버킷리스트라고 생각해서다. 난 나의 버킷리스트 중에 몇 가지를 이룬 것이 있다. 버킷리스트는 살면서 바뀔 수도 있고 또 추가될 수도 있다.

나의 버킷리스트는 다섯 가지다. 지금 현재까지는 말이다. 하지만 나도 바뀔 수도 있다. 세상살이 아무도 모르는 것이기 때문에.

그럼 나의 첫 번째 버킷리스트를 소개하겠다.

캔버스에 유화 물감으로 그림 그리기.

이건 누구에게나 한 번쯤은 있을 만한 것이기도 한데 나에게는 신기하고 설레고 했던 그런 리스트다.

나는 사실 그림을 배우거나 전공을 하지 않았다. 하지만 어릴 때부터 나는 손재주가 많았다. 만들기, 그리기, 쓰기 등 예능에 좀 소질이 있던 것 같다. 그런데 지금 내가 하는 일과 예능하고는 전혀 다른 길이긴 하다. 하지만 취미로 남아 있을 수 있던 것 같다. 어느 날 갑자기 그림이 그리고 싶어졌고 수채화 물감이 아닌 유화 물감으로, 그것도 캔버스에 그리고 싶었다. 요즘은 유튜브가 잘되어 있어 유튜브만 보고도 잘 배울 수 있다. 다른 사람이 그려 놓은 그림을 보고 하나둘씩 그리기 시작한 것이 어느덧 40점이 넘는 그림이 되었다. 처음에는 따라서 그대로 그리다가 시간이 지나다 보니 명암을 어떻게 줘야 하고 어떤 방법으로 그리고 어떤 색을 써야 하는지 이런 것들이 눈에 들어오기 시작했다. 지금이 책 안에 있는 그림들은 다 내가 그린 그림이다. 누군가에게 보여 주기보다는 나의 만족으로 그린 그림이다.

수준급은 아니지만 혼자 창작하여 그린 그림도 있고 다른 사람이 그린 그림을 따라 그린 그림도 있다. 하지만 다 내가 그렸다는 거, 그게 중요한 것이다. 이렇게 첫 번째 버킷리스트는 나의 취미생활이 되었다.

솔직히 관심이기는 하다. 그 관심도 재미가 있어야 하는 것이고 나에게 맞아야 한다고 생각한다. 이렇게 어떤 일이든 내가 관심을 가지고 도전을 해 본다면 못 해낼 것이 없다고 생각한다.

이 세상에 사람이 해서 안 되는 건 없다고 생각한다. 다만, 그 깊이에 차이는 있겠지만 처음부터 잘해서 태어난 사람은 없을 것이다. 다 살면서 나의 관심과 노력과 열정이 만들어 낸 결과라고 생각한다.

어느 사람은 버킷리스트가 직업이 된 사람도 있다고 하니 말이다.

두 번째는 바이크를 타고 전국 일주하기다. 빠라바라빠라밤.

'쏭카', '알차', 'VF', '쇼바 올리고'. 나의 고등학교 시절 친구들이 많이 이야기하던 말들이다. 그때는 오토바이 타고 다니는 것이 부러운 시절이었다.

호기심이라고 할까! 한 번쯤은 타 보고 싶은 그런 것.

나는 고등학교 시절 오토바이를 타 본 적이 없다. 그리고 사실 관심도 없었다. 나의 관심사가 아니다 보니 부럽거나 그런 생각은 전혀 없었다. 그런데 이렇게 늦은 나이에 지금!?

늦었다고 생각할 때가 가장 빠른 거라고 하지 않는가?

그래서 난 오토바이를 구매했다. 하지만 '송카' 이런 바이크가 아니고 할리데이비슨과 같은 클래식한 바이크를 구매했고 바이크를 탄 지는 벌써 4년이 되어 간다. 하지만 이 바이크는 125cc가 넘어가는 바이크라 별도의 2종 소형 운전면허증이 별도로 필요한 바이크였다. 면허증을 따기 위해서 난 운전면허학원에 등록하였고 그렇게 한 달 만에 면허시험을 보고 한 번에 합격했다. 이것도 시험이라고 합격하니 마음이 기쁘고 좋았다.

그렇게 모든 준비가 되었지만, 막상 바이크를 타려고 하니 갈 곳이 없었다.

회사에서 집까지 가는 것이 다였고, 나의 버킷리스트인 전국 일주는 시간이 주어져야 할 수 있는 것 같았다. 난 그 시간이 없었다. 전국 일주라 하면 거의 한 달을 집과 회사를 비워야 하는 일인데 나의 상황에서는 절대 불가능한 일이다.

그래서 가까운 곳이라도 한번 다녀 보자는 생각으로 바이크를 타고 간 곳은 바로 골프장이었다. 안성에 있는 '안성 윈체스터 골프장'이었다.

아직 나의 버킷리스트는 완성이 되지 못했지만 앞으로 기회를 만들어 한 곳씩 여행을 가 보려고 한다.

세 번째, 아이들과 세계 일주하기.

한 번쯤은 누구나 꿈꾸는 것이긴 하다. 가능할지는 모르겠지만 그래도 하나씩 이루고자 한다. 지금까지 동아시아 쪽의 나라는 몇 군데 가 봤지만, 전부는 아니다. 하지만, 한 번쯤은 꼭 아이들에게 이 넓은 세상이 있다는 것을 알려 주고 싶다. 세계 일주를 하려고 하는 것은 우리가 살고 있는 지구에 수억만 명이 있는데 그 사람들을 다 만나 볼 수는 없지만 각 나라별 여행을 하면서 만나게 되는 사람들을 보고 견문이 넓어졌으면 좋겠다는 생각 때문이다.

우리는 운전면허를 취득하기 위해서 운전면허학원에 다니면서 운전연습하고 시험을 봐서 운전면허증을 딴다. 그리고 운전면허증을 따고 차를 몰고 도로에 나와 봤을 것이다.

어떠했는지 기억나는가?

대부분이 앞만 보인다고 한다. 하지만 경험이 쌓이고 시간이 지나면 옆도 보이고, 뒤도 보이고, 그러면 안 되겠지만 심지어는 핸드폰도 본다.

다 경험이 만들어 준 결과물이다.

나는 우리 아이들에게 이렇게 시야를 넓혀 주고 싶어서 각 나라들을 여행하면서 그 나라의 특징과 이 나라 사람들은 어떤 사람들이고, 어떤 환경에서 살아가는지를 경험시켜 주고 싶은 이유에서 세계 일주란 꿈을 가지게 된 것이다.

이룰 수 있을지 모르겠지만 경제적인 부분, 시간적인 여유를 고려하여 하는 데까지 해 보려고 한다.

네 번째는 지금 쓰고 있는 에세이 또는 시집 내기. 이건 아마도 이 책이 출간되면 이루어질 것 같다. 난 20대부터 그 생각을 했다.

어릴 적 처음 직장 생활을 하면서 정말 많은 책들을 봤다. 그렇다고 취미가 독서는 아니다. 난 필요에 의해서 책을 봐왔다. 나는 28살이라는 나이에 한 회사를 이끌어 가야만 했고 그 이유 때문에 책을 더 많이 볼 수밖에 없었다.

난 직장 생활을 할 때 내 위에 사수가 없었다. 그렇기 때문에 혼자서 모든 것들을 이루어야 했다. 내가 배울 수 있는 방법은 책과 나 스스로의 경험이었다.

그런 모든 것들이 지금의 나를 만들지 않았나 생각한다.

나는 '故 정주영', '故 이건희' 등 대기업 회장들의 책을 전부 다 봤다.

개인적인 생각이지만 나는 이 두 분의 자서전을 보면서 이 두 사람을 합친 사람이 있다면 우리나라 경제는 아마도 미국을 넘어서는 그런 나라가 되었을 것 같다는 조심스러운 생각을 해 봤다.

이분들의 자서전을 보면서 난 나도 세월이 지나 한 번쯤은 내가 살아온 삶 또는 내가 쓴 글들을 모아서 책으로 만들어 간직하고 싶다고 생각했다. 그리고 나의 딸과 아들이 아빠가 어떤 생각을 가지고 삶을 살아왔는지 알려 주고 싶었다.

먼 훗날 우리 아이들이 또 아이를 낳아서 "할아버지는 이런 사람이었어"라고 보여 줄 수 있는 책이 있었으면 좋겠다고 생각했다. 그리고 훗날 내가 기억될 수 있는 책 한 권쯤은 이 세상에 남겨 두고 가고 싶다고 생각했다.

이 책이 출간되면 나의 버킷리스트 중 하나는 이루게 될 것 같다.

마지막 다섯 번째 리스트는 70세 때 아버지의 일생과 나의 일생이 담긴 자서전 내기. 이 책처럼 단막, 단막이 아니라 지금까지 인생을 살아온 이야기를 70세쯤 쓰고 싶다고 생각했다. 어릴 적 이야기부터 70세가 되어서까지 그때는 모든 일들을 솔직히 다 담아낼 수 있을 것 같다.

우리가 살아오면서 한 번쯤 또는 때때로 회상이라는 것을 해 보게 된다.

내가 살아온 삶 또는 내가 살아온 시간들, 많은 경험, 많은 사람들, 많은 아픔, 많은 슬픔 그리고 행복, 사랑, 기쁨 등 이 모든 게 다 합쳐지면 인생이 되지 않을까?

인생은 지나 보면 행복하고, 즐겁고, 기쁜 일들만 나에게 추억이 되는 것이 아니라 때로는 정말 힘든 일, 아픈 시련들도 시간이 지나면 다 추억이 되는 듯하다.

반면에 내가 잘못한 일들, 내가 못되게 한 일들, 해서는 안 되는 일들은 시간이 지나면서 나에게 교훈이 되어 왔다.

우리는 모두 추억을 먹고 사는 동물들이다. 인생을 살아오지 않은 사람은 없다.

왜냐, 우리가 살아 있기 때문이다. 그래서 살아온 이야기를 꼭 책으로 출간하고 싶은 것이고, 내가 유명 인사가 아니라도 우리 아이들에게 그리고 나를 아는 주변 사람들에게 전해 주고 싶다.

이렇게 쓴 내 자서전에는 나의 아버지 인생도 함께 넣어서 쓰고 싶다. 나는 아버지의 일기를 가지고 있다. 아버지는 영화 〈국제시장〉의 내용과 거의 흡사한 경험을 하셨다. 그렇기에 아버지 글도 함께 그 책에 넣어 드리고 싶다. 내가 70세가 될 때 얼마나 걸릴지 모르지만, 그때는 내 삶을 드라마처럼 풀어 쓰고 싶다.

○ 늦은 후에 완성되는 사랑

20대의 뜨겁고 겁 없던 사랑을 누구나 한 번씩은
해 본 기억들이 있을 겁니다
또는 첫사랑을 20대에 비로소 만나는 사람도 있을 것이고요

사랑

사랑이란…

한 번쯤은 생각해 봤을 거예요
나에게 사랑이란?!

호기심일 수도
설렘일 수도
가슴 떨리는 그런 마음을 가지고 시작하는 그런 사랑
모든 사람들이 그것을 사랑이라고 합니다

그 사람이 하루도 빼지 않고 보고 싶고 같이 있으면
행복하고 미래를 함께 꿈꾸는 상상을 합니다

노랫말처럼 집에 들여보내기 싫고 같이 있고 싶은
마음이 점점 커지면서 결혼을 생각합니다

사랑은 만들어 가는 것일까요?

과연 사랑의 결실이 결혼이고 가정을 만들고 아이를
낳는 것들이 사랑의 결과일까요?

사랑은 만들어 가는 것이 아니고

사랑은 완성되어 가는 것이지 않을까 합니다

서로 다른 사람들이 만나 서로 맞춰 가면서 이해하면서 사랑을 하고 살
아가는 것이 아니라

내가 어떤 사랑을 하는 사람인지, 어떤 사랑을 하는 사람을 만나는지,
그런 것들을 사랑하는 사람, 지금까지 만났던 사람들과 했던 사랑을 기
억하고 나에게 잘 맞는 그런 사랑을 하는 사람과 만나는 것이 그리고 그

런 사랑을 완성시키는 사랑을 할 줄 알아야
비로소 사랑을 완성할 수 있는 것이라고 생각합니다

영원히 깨어지지 않는 그런 사랑?!

그런 사랑이 과연 있을까요?

사랑은 유리잔과 같은 거라고 생각해요
조심하지 않으면 쉽게 깨어져 버리는 것이
사랑 아닐까요?

조심스럽게 다루지 않으면 금이 가고 깨지는 그런 것이 바로 사랑입니다

사랑은 나와 같은 사랑을 할 수 있는 사람을 만나 사랑하는 것이 바로
사랑의 완성이라고 생각합니다

사랑에는 정답이 없겠죠?
사랑은 완성되어 가는 것이기에 정답은 없습니다

○ 사랑은 다가가는 걸까?

사랑은
찾아오는 것도
찾아가는 것도
아닌 것 같다

사랑은
기다리고
참고 또 참고

그렇게 가슴에 묻어 두고
가슴이 꽉 찼을 때
그때 비로소 상대에게 사랑을 줄 수 있는 것 같다

그 사람과의 추억과 그 사람에 대한 그리움으로
가득 찼을 때 그때 비로소 줄 수 있는 마음이
생기는 것 같다

○ 네 마음

똑…

똑…

똑…

수도꼭지에서 떨어지는 물방울 소리!

무슨 소리 같아?

네 마음의 문을 두드리는 소리야

○ 적반하장

아, 진짜 짜증 나
왜 자꾸 화를 내

화 좀 내지 마
왜 뭐만 하면 화를 내

그렇게 화가 많아?

화가 많은 게 아니고

너의
짜증이 눈에 보여서
화를 내는 거야

그래야 짜증이 무서워서 도망가지

○ 당신

당신 덕분에 웃어
당신 덕분에 행복해

고마운 당신
사랑해

○　나에게 넌

내 눈에 보이는 모든 것이 다 너야

웃음 짓게 되고

미소 짓게 되고

난 매일 행복을 느껴

너라는 이유로

○ 행복 그리고 소중함

평범한 일상의 소중함을 느끼는 당신이 좋아

아침에 눈을 뜨고 옆에 있다는 존재만으로도
행복하다며 꼬옥 껴안고 뽀뽀해 주는 당신이 좋아

내가 해 준 음식이 맛있다며 하나도 남기지 않고
행복한 얼굴로 먹어 주는 당신이 좋아

팔짱을 끼고 거리를 걸으며 행복해하는 당신이 좋아

어쩌면 사소한 어쩌면 당연한 일상을 소중하게
생각하는 당신이 좋고 나에게는 당신이 가장
소중한 존재야

함께해서 행복해

○ 여행

우리는 멀리 여행을 떠났습니다.
누구도 아닌 우리 둘만을 위해서

그곳엔 아무도 아는 사람이 없었어요
우리 둘 외에는

시원한 바람과 바다 냄새를 몸으로 느끼며
서로의 손을 꼭 잡고 땀이 날 때까지 잡고
다녔어요.

눈이 부시도록 따가운 햇살이 눈을 가리어도
서로를 바라보며 웃었죠.

파도는 잔잔하게 하얀 눈보라를 만들었고
거기에 우리는 쓸려 내려갈 줄 알면서도
"사랑해"라고 서로의 글을 남겼습니다.

작품명 : 석양

"여행지에서 바다 건너 보이는 석양을 바라보며 오늘도 생각한다.
내 인생을."

작품명 : 폭포

"절벽을 따라 흐르는 산속 깊은 숲의 폭포수."

에피소드 #10

아름다운 동행

"제주올레길 1코스, 2코스 출정하겠습니다."

출정이라고 하면 장수가 적과 싸우기 위해 전쟁터로 향하는 것이 아닌가! 우리는 그런 마음으로 다 같이 제주로 향했다.

40세를 넘긴 나이기 때문에 다들 그런 각오로 올레길을 걷기로 했다.

몸이 마음처럼 따라 줄지는 모르겠지만 우리는 즐거운 마음으로 제주에 도착했다.

팀은 두 팀으로 나누어져 있었다. 서울에서 내려오는 김포팀, 수원, 충남에서 내려오는 청주팀으로 나누어졌다. 이는 단순히 살고 있는 곳에서 가장 가까운 공항을 기준으로 정해진 것이었다.

슈~~~웅~~~

"우리 비행기는 곧 제주공항에 착륙하겠습니다."

기내 방송이 울렸다. 공항에 착륙하고 항공기에서 내렸다.

청주팀이 제주에 먼저 도착했다. 짐을 찾고 가장 먼저 달려간 곳은 '흡연실'. 모두 당연하게 그곳을 먼저 찾고 그곳으로 발길을 돌리고 있었다.

누가 먼저라고 할 것 없이 다 같이 담배 한 대씩을 입에 물고 한숨을 쉬듯이 담배를 피웠고 어느덧 김포팀이 도착했다는 전화가 왔다.

"예… 여기 1층 좌측에 끝으로 오시면 흡연실 있어요. 우리 다 거기 있어요."

조금 뒤 김포팀과 청주팀이 모두 만나게 되었다.

"아~~ 형님 오셨습니까?"

"회장님 오셨어요? 대표님 오셨어요?"

모두 다 환한 미소로 인사를 하였고 바로 수다가 이어졌다.

여자들만의 수다가 아니다. 여자들보다 그 몇 배의 수다가 시작되었다. 그 중심에는 '정현준'이 있었다.

그렇게 우리는 모두 제주에 모여 제주올레길을 걷기 위해 제일 먼저 올레길 1코스로 향했다.

그런데 문제가 생기고 말았다. 수다쟁이 현준이 그리고 한 대표님 두 사람은 정말 여행을 온 것이다.

다들 백팩에 모든 짐을 싸서 온 반면 이 두 사람은 손에 들고 다니는 보스턴백을 들고 온 것이다.

코스를 걷기 위해서는 손이 편해야 힘들지 않을 텐데 저런 가방은 분명히 불편함을 느낄 것 같았다.

"백팩 안 가져왔어?"

"아니, 호텔에 들러서 짐 내려놓고 출발하는 줄 알았지."

그랬다. 우리는 모두 공지를 했는데 이 두 사람은 그 공지 사항을 보지 못한 것이다.

어쩔 수 없이 그 가방을 들고 다녀야 하는 신세가 되어 버렸다. 1코스 시작점에 도착하여 모두 정비하고 화장실도 갔다 왔다.

이영윤 대표님과 김철호 이사님은 부부관계가 어찌나 좋으신지 정성스럽게 각자 한 명씩 포장된 간식거리를 준비해 주셨다.

"누가요??"

"당연히 아내분들이시죠."

손수 하나씩 포장해서 준비를 해 주신 것이다. 그 간식거리를 받는데 좀 부럽긴 했다. 나도 그런 와이프가 있었다면 저렇게 준비해 줬을 텐데.

행복한 마음으로 다들 받아 들고 출발 준비를 하였다.

"자, 모두 출발하시죠."

드디어 발길이 옮겨졌다. 처음으로 제주올레길을 걸어 보는 것이다. 날씨는 반반이었다. 어디는 환하게 해가 떠 있고 어디는 먹구름이 떠 있었다.

"설마 비 오는 건 아니겠지?"

다들 걱정스러운 말투로 한마디씩 하였다.

"비 오면 바로 숙소로 가서 술이나 한잔하죠?"

"비가 오면 비 오는 대로 눈이 오면 눈이 오는 대로."

"뭐 우리가 언제 그런 거 따지면서 사업했나요. 무조건 직진입니다."

다들 공감하듯이 얼굴에 미소를 머금고 발길을 옮기기 시작했다.

제주올레길 1코스는 작은 동산을 넘어가는 코스다. 생각과는 다르게 경사가 있는 동산이었다.

처음에는 다 같은 발걸음으로 옹기종기 모여서 이동을 했지만 시간이 조금 지나자 선두그룹도 생기고 그 뒤를 따라 오는 몇몇도 있고 점점 체력의 차이가 벌어지고 있었다.

동산의 정상에 오르자 제주 앞바다가 눈에 펼쳐지기 시작했다. 너무도 아름다웠다. 푸른 바다와 성산일출봉이 어우러져 있는 모습은 너무나도 아름다웠다.

'여기가 제주구나'라는 생각이 들 정도로 시원한 바람과 바다 냄새에 취해 있을 때쯤 이마에 빗방울이 한두 방울씩 내리고 있었다.

"와~~ 역시 하늘은 우리를 실망시키지 않아."

"역시나 비가 올 것 같았어."

"자, 인제 그만 쉬고 내려갑시다."

그렇게 다시 우리는 정상에서의 휴식을 정리하고 바로 내려가기 시작했다.

동산을 내려와 작은 마을로 향해 가는데 그때는 또 비가 오지 않았다.

그 마을을 지나서 바닷길로 가는 도중 폭풍우와 같은 비가 샤워라도 하라는 듯이 바람과 함께 몰아쳤다.

우리는 우의가 있었지만 소용이 없었고, 그 우의로 백팩이라도 살려 보겠다고 백팩을 감싸기 시작했고 하늘의 뜻과 같이 우리 모두는 샤워를 했다.

그렇게 빗물로 온몸을 샤워하고 걸어가던 중 다 같이 배에서 밥때라는 신호가 울려 잠시 쉬면서 먹을 곳을 찾았다.

　여러 음식점이 있었지만, 우리 눈에 다 같이 들어온 곳은 라면집이었다.

　"간단히 해물라면 먹고 가시죠?"

　"좋~~~습니다. 저기 들어가시죠."

　다 같은 마음이었다.

　그렇게 우리는 라면집에 들어갔고 해물라면, 문어라면 등 서로 취향에 맞춰서 음식을 주문했다.

　또 여기서 빠질 수 없는 것이 '술' 아닌가.

　"사장님, 소주 두 병에 맥주 세 병이요."

　"막걸리 없나?"

　"우도 땅콩 막걸리도 주세요."

　그렇게 술 한잔과 점심을 먹으며 우리는 또 다음 제주 여행을 기약을 한다.

　"우리 담에는 골프도 같이 치고 올레길도 걷고 그런 코스로 다시 한번 오시죠."

　"오늘은 우리 7명만 왔으니까 다음에는 완전체로 다시 일정 잡아 보시죠."

　"그럼 기왕 얘기 나온 김에 일정 잡죠."

　그렇게 우리는 모든 결정도 빠르고 추진력도 빨랐다.

　다들 사업하시는 분들이기 때문에 추진력 하나는 빨랐다.

고민하시는 분은 한 분도 없었다. 하자고 하면 모두 바로 실행한다.

우리는 이런 것도 어떻게 보면 작은 하나지만 이런 부분도 참 잘 맞았던 것 같다.

그렇게 식사를 마치고 커피 한 잔은 필수이기에 잠깐 자리를 옮겨 옆에 있는 커피숍에 다시 자리하였고 비가 와서인지 커피숍에서 개인 정비를 다시 하고 아이스아메리카노를 한 잔씩 들고 다시 걷기 시작하였다.

우리는 두셋씩 함께 걸으며 살아가는 이야기도 하고 살아온 이야기도 하고 이런저런 삶에 관한 이야기를 주고받으면서 서로 공감을 느끼기 시작했다.

"인생 살아 보니 별거 없다. 돈은 이 세상에서 중요한 부분이 아니더라. 우리 여기 계신 대표님들 그래도 어느 정도 살 정도의 돈들도 다 벌어 보셨고 여유도 있으시니까 한번 물어볼게요. 어때요? 사는 게 다 똑같죠?"

우리는 다 같은 마음이었다. 누구나 흔히 아시는 재벌들이 아닌 이상 세상은 돈 가지고 사는 것이 아니라는 걸 우리는 알아서다. 다 같이 공감하기에 세상 사는 가장 행복한 방법은 이렇게 좋은 사람들 그리고 사람 냄새 나는 사람과 식사 한 번 할 수 있고 여행 한 번 다닐 수 있는 그런 여유, 그게 행복한 인생 같았다.

그렇게 우리는 이런저런 이야기와 서로 공감되는 이야기를 하면서 어느덧 1코스를 지나 2코스를 거닐고 있었고, 2코스는 바다 해안가 옆길을 거니는 코스다.

때로는 모래사장을 걷고 때로는 정해져 있는 인도로 걸어야 했고 그렇게 걷다 보니 그런 생각이 들었다.

우리는 다 같이 자기 인생이라는 레일에서 최선을 다해 내가 정해 놓은 목표를 향해 달리고 있었다.

하지만 대표 또는 사장, 한 조직을 이끌어 가는 사람들은 누구나 공감하겠지만 정말 외로운 직업 중의 하나다. 최종 결정을 지어야 하는 사람이고 사람을 이끌어야 하고 좌절보다는 희망을 안겨 줘야 하는 사람이다 보니 누구보다 의욕이 앞장서야 했고, 무조건 앞만 보며 달리는 모습을 보여야 했기 때문에 외롭고 힘든 법이다. 의지할 곳은 없었다. 그 어디에도.

그렇게 정해져 있는 곳만 보고 달려오다 보니 어느덧 성공의 결승점을 지난 분들도 있고 결승점 앞에 와 계신 분도 있고 아직도 결승점을 향해 달려가시는 분들도 있다.

우리는 결국 같은 목표로 달리고 있던 것이었다.

지금 우리와 같은 것이다. 우리는 2코스 완주라는 목표로 다 같이 걷고 있다.

서로 힘들었던 일들을 함께 이야기하며 나누고 있고 서로에게 의지하며 서로의 이야기를 들어 주고 나의 이야기를 얘기하고 있고 그렇게 함께 공감되는 이야기를 나누며 걷고 있었다.

제주도 올레길을 걸으면서가 아니고 이제 우리는 우리 삶을 함께 걸어가면서 서로의 이야기를 해 보려고 한다.

힘든 일, 기쁜 일, 함께 나누고 싶은 일들, 이런 살아가는 일들을 함께 나누고 함께 기댈 곳을 만들어 주기로 한 것이고 그래서 우리의 모임 이름이 '아름다운 동행'이 된 것이다.

이런저런 생각으로 걷다 보니 어느덧 우리는 2코스 완주를 하였고 완주 도장을 찍을 수 있는 곳에 다다랐다.

도장을 꺼내서 여권같이 생긴 코스 안내가 나와 있는 수첩에 2코스 완주 도장을 찍었다.

드디어 1코스, 2코스를 모두 완주하였고 성산일출봉도 잠깐 올랐다가 내려와서 숙소로 향했다.

그렇게 우리는 1박 2일 코스의 제주올레길을 경험하면서 인생이라는 단어를 한 번 더 생각해 볼 수 있는 귀한 시간을 가질 수 있었던 것 같다.

우리 아름다운 동행의 사람들도 다시 한번 알 수 있는 시간이 되었고 함께 어우러져 하나가 되는 느낌이었다.

서로 오래된 분들도 있었고 짧은 시간에 알게 된 분들도 있었다. 하지만 지내온 시간보다 이제는 앞으로 지낼 시간을 더 소중히 생각하며 함께 걸어가기로 한 것이다.

우리의 공통점은 사람 냄새가 나는 사람들이다. 그런 사람들이 모여서 함께 만든 모임이 아름다운 동행이다.

우리는 서로 친하다고 생각한다. 서로 소중한 사람들이라 고도 생각한다. 하지만 때로는 내가 바라는 것과 달리 행동하기도 한다. 왜냐, 나랑 같을 수는 없기 때문이다. 그렇다고 그 이유 때문에 우리는 서로 거리를 두려 하지 않는다.

우리는 서로의 결점을 조금씩 알아 가고 있다. 그런 것들을 알면서도 우리는 서로 사랑한다. 완벽한 사람은 없기 때문이다.

결점이 있으면 어떻고 부족한 것이 있으면 어떠냐. 단지 서로에 대한 믿음만 있으면 되고 서로 배려하고 이해하는 마음만 있으면 우리는 평생 함께 어우러질 것이다.

우리는 서로 완벽한 사람이라고 생각하지 않는다. 그냥 우리는 아름다운 동행이다. 함께 걸을 수 있는 그 시간이 좋다.

작품명 : 역동

"각각의 색감이 역동적으로 뛰어오르는 듯한 열정을 표현했다."

아름다운 동행 소개

1

김유신

"참~~ 선하시다."

점잖으시고 정말 우리들의 큰형 같은 분이시다.

우리 아름다운 모임의 초대 회장님이시자, 마지막 회장님이시다. 그 말은 평생 회장님이라는 말이다.

이분을 한마디로 표현하자면 '선비', '김유신 장군', '큰형' 그리고 '회장님'. 딱히 놀릴 만한 단어가 생각이 나질 않는 분이시다. '된장.' 갑자기 생각나는 단어다.

시간이 지나면 지날수록 그 맛의 깊이가 더해 가는 그런 사람!

필자와는 벌써 8년 이상이라는 시간이 지났고 서로의 회사가 소규모일 때 만나 지금까지 연이 이어 오게 된 것이다. 우리 회사가 작을 때 큰일을 주셨던 분이시기도 하다.

언제나 모임에 나오거나 개인적으로 식사를 하러 가면 항상 온화하게 웃으면서 우리들을 반겨 주시는 분이다.

내 친구 현준이가 항상 하는 말이 있다.

"너의 단점이 뭔지 알아? 넌 단점이 없는 게 단점이야."

이 말과 어울리는 분이 바로 김유신 회장님이신 것 같다.

우리 모임의 가장 어른이신 회장님께 항상 드리고 싶은 말이 있다.

지금처럼 변함없이 우리를 이끌어 주시고 우리가 바른길을 선택할 수 있게 인도해 주세요.

항상 건강하시고 매번 감사드립니다.

언제나 회장님으로서 우리 동행을 이끌어 주시기를 바랍니다.

2

김철호

"보이는 것이 다가 아니다"라는 말이 너무나도 잘 어울리는 분이다. 처음 보면 딱딱해 보일 수도 있고 하지만 시간이 조금 지나면 다른 분이라는 것을 알게 되는 분이 바로 우리 김철호 이사님. 정말 내가 좋아하시는 분이다.

8년을 넘게 골프를 치면서 내가 한 번도 이겨 보지 못한, 어마어마한 산과 같은 분이시다. 이 책에 넘을 수 없는 산은 없다고 써 놓고 예외가 있다는 것을 여기서 얘기하고 싶다. 이분은 넘을 수 없는 산이다. 하지만 술 10병 가지고 넘으면 넘지 않을까 한다.

어떤 면에서는 너무 재미있으시고, 어떤 면은 귀엽고, 어떤 부분에서는 남자다운 팔방미인이 이런 분을 보고 하는 말이라고 생각한다.

우리 회장님하고 둘도 없는 그런 사이시다.

내가 그렇게 둘을 이간질해 보려고 해도 떨어지지 않는다. 정말 형제 같은 분이시다. 인생을 살면서 누가 나에게 의지할 수 있는 사람 또는 내가 누군가에게 힘이 되어 줄 수 있다는 것, 그런 것들이 우리를 살아

가게 하는 것 같다.

서로에게 힘이 되어 주고 서로에게 기댈 수 있는 그런 사이. 평생 이 삶이 끝날 때까지 그 우정, 또 그 마음 변치 않았으면 좋겠다.

우리는 완벽한 사람은 없다. 서로 부족하니 함께 있는 것이라고 생각한다.

항상 우리 아름다운 동행에서 행동 대장으로 잘 이끌어 주시기 바랍니다.

마지막으로 우리 김철호 이사님 하면 생각하는 것이 바로 '볼매'다. 보면 볼수록 매력이 넘쳐흐르는 분이다.

홍도 정말 많으시고 사람과 어울리는 거 좋아하시고 정말 정 많고 따뜻한 분이 이분이지 않을까 한다.

3

이영윤

"혹시 여기 대표님 건달이에요?"

들기만 해도 어떤 느낌인지 감이 온다.

처음 만난 사람들 중에도 간혹 그런 사람이 있지만 아주 큰 오류를 범하는 것이다. 개인의 생각까지 어떻게 할 수는 없지만 알아 두어야 할 것이 있다.

이분은 순수한 분이고 순진하다. 귀엽고, 때로는 너무 웃기고 행동 하나하나가 참 정이 가는 그런 분이다.

또다시 말을 하지만 '눈에 보이는 것이 다가 아니다'.

필자와는 벌써 10년이라는 세월을 함께했다.

그리고 보면 세월이 참 빠르다. 몇 년 전에 만난 것 같은데 벌써 10년이라는 세월이 지나고 있었다니.

이영윤 대표님은 이 책 에피소드 중 하나의 주인공이다.

이제는 우리가 서로 모르는 것이 없을 정도다. 하지만 집 안에 숟가락이 몇 개인지는 모른다. 그래도 가족이 몇 명인지는 안다. 웃자고 하는 소리다.

그 정도로 친하다는 뜻이다. 지금까지의 10년이 있었다면 앞으로의 20년을 바라보며 다시 옛 추억을 이야기하는 그날이 왔으면 좋겠다. 그때는 아이들이 아니고 손자, 손녀가 있을 나이가 되어 있겠지.

이 책을 통해 우리의 10년 동안의 감사함을 전하고 싶다.

4

강
신
영

자신을 다른 사람 앞에서 자세를 낮추기는 참 힘든 일이다. 몇십 년의 세월의 비와 바람을 맞아 보지 않고서는 그런 겸손함 그리고 자신을 낮추는 자세가 익숙해지기는 정말 힘든 일이다.

내 주변 사람이 먼저라고 생각하는 건 너무도 힘든 것이다. 보통 자기 자신부터 생각하고 남을 생각한다.

하지만 강신영 대표는 다르다. 배려가 습관처럼 너무 익숙하신 분이다.

자신을 사랑할 줄도 알고 자신을 가꾸려고 한다. 그런 점들이 참 부럽고 존경스럽다.

보통 사람들은 이런 분들을 많이 시기, 질투를 한다. 하지만 나는 참으로 배울 점이 많은 분이라고 생각한다.

필자와 알고 지낸 지는 이제 2년 정도 지났다. 그 2년이라는 세월이 중요한 것이 아니다.

그런 말이 있다. "세상 참 좁다." 강신영 대표의 동생분은 옛날부터 알고 있던 거래처분이시다. 하지만 그 사실을 몰랐던 것이고, 그리고 강신영 대표와도 오래전부터 통화는 몇 번 했던 인연이 있다. 세월을 되짚어 보면 정말 "세상 참 좁다"라는 말이 나올 정도다.

　세상을 살면서 꼭 만나야 할 사람들은 만나고, 또 헤어졌다 다시 만나야 하는 사람들은 또다시 만나게 되어 있는 법이다. 그런 것이 인연 또는 필연이라고 하는 것이 아닐까 한다.

5

신창현

"처음 뵙겠습니다."

보통 동문의 세계에도 무리 중에서도 같은 동급의 동물들이 서로 모이기 마련이다. 끼리끼리 뭉친다는 말.

신창현이라는 사람은 사회인 야구 모임에서 처음 인연이 되었다. 그것도 그 모임의 같은 막내. 어떻게 보면 내가 막내였다.

신창현 이사는 나보다 먼저 그 모임에 가입되어 있었으니까 말이다. 항상 나는 그 모임에 나가면 의지할 곳이라고는 신창현 이사뿐이었다. 그렇게 서로 어렸을 때 그리고 회사 초창기 때 서로 만나 함께 성장해 나가는 모습을 보며 지금까지 왔다. 거의 10년이 다 되어 가는 것 같다.

우리 회사의 첫 발주 제품의 용기를 바로 신창현 이사한테 공급 받아서 이영윤 대표 제품을 생산하였기 때문에 그 인연 또한 신기하다.

인연이라는 것이 정말 복잡하게 서로 얽혀 있다. 그러고 보면 "참 세상 좁다"라는 말이 이럴 때 쓰는 말 같다.

"한 우물만 파도 성공한다"라는 말이 있다. 필자가 생각하는 사람 중의 한 사람이다.

신창현 이사는 보통 사람과는 다른 느낌이 든다.

사람으로서가 아닌 사업을 하는 사람으로 도전력과 추진력 등 사업을 하기 위한 모든 조건을 다 가지고 있는 사람 중의 한 사람이다. 우선 필자가 보는 입장에서는 그렇다.

파야 할 곳을 잘 알고 있고, 멈춰야 할 곳을 알고 '파 봐야 물 한 방울 안 나온다' 싶으면 중단하는 결단력을 가지고 있다.

그렇기 때문에 사업가가 가져야 할 모든 기본기를 가지고 있는 사람이다.

앞으로의 미래가치를 생각하면 신창현 이사에게 투자를 하는 것이 돈을 버는 것 중 하나일 것이다.

필자가 본받아야 할 점들이 너무도 많은 사람이다.

6

한남수

"인생은 절대 혼자서 살아갈 수 있는 곳이 아니다."

필자는 이분을 보면 항상 그런 애틋함을 느낀다.

'보호본능'처럼 감싸 주고 싶고 보호해 주고 싶은 마음.

필자가 한남수 대표를 처음 만난 건 작년이다.

서로 비즈니스 때문에 처음으로 술자리를 가지게 되었는데 그때 '참 너무나도 순수한 사람이구나'라는 생각이 들 정도로 순수함이 느껴졌다.

나도 모르게 내 주변에 내가 제일 좋아하는 사람 그리고 좋은 분들을 소개해 주고 싶은 마음이 너무나도 많이 들었다. 그래서 지금의 이 모임에 함께할 수 있었던 것이다.

제일 마지막 멤버로 들어오기는 했지만 서열도 없고 정치도 없는 것이 바로 아름다운 동행이다.

한남수 대표가 우리 모임에 들어오고 많은 경험을 해 봤다고 좋아하는 모습이 너무 보기 좋았다.

항상 필자에게 "모임에 초대해 주서서 정말 감사합니다"라는 말을 하신다. 그럼 나는 이렇게 대답해 드린다.

"대표님, 제가 초대한 것이 아니라 서로 마음이 같은 사람끼리 모인 거예요."

사실도 그렇고 누군가에게 초대 받아서 들어온 것이 아니다.

정말 함께할 수 있는 '그냥 사람', 사람 냄새 나는 그런 사람이기 때문에 지금의 우리가 있을 수 있는 거라고 생각한다.

우리는 살아온 날보다 앞으로 살아갈 날들이 더 많기 때문에 좋은 분들과 함께 인생을 즐기며 살아가 봐요.

7

김
승
환

"사람이 변하면 죽는다"라는 말이 있다.

승환이는 '변함이 없다'. 필자가 승환이라고 부르는 이유는 친동생 같은 그냥 친동생이라서 이름을 부른다.

회사에서도 임원으로 직급이 있어도 난 그냥 승환이라고 부른다.

"사람이 변하면 죽는다"가 아닌 사람은 죽을 때까지 변한다는 말을 승환이한테 해 주고 싶다.

우리는 끝날 때까지 배움을 해야 하고 그 배움 속에 변화가 항상 있기 때문이다.

내가 아는 승환이는 인생에 대해 아직 더 많은 것들을 배워야 할 것이 있지만 그래도 조금씩 성장하고 있다.

내가 승환이를 처음 본 것이 20대 초반. 지금 승환이가 40대 중반이니 20년이라는 시간이 지났다.

아마도 삶이 끝나지 않는 한 함께 있을 것이고 삶이 끝난다 해도 그 끝을 서로 지켜 줄 것이다.

우리가 함께해 온 시간이 20년이지만 이제부터가 시작이고 앞으로도 40년 이후 그리고 80년까지 볼 수는 없겠지만 항상 겸손한 자세로 배움을 저버리지 말고 인생을 더 즐기며 살았으면 좋겠다.

8

정현준

"죽마고우(竹馬故友)." 누구나 아는 말이다.

죽마(竹馬)는 대나무로 만든 말로 옛날 아이들이 타고 놀던 장난감이다. 따라서 어릴 때부터 같이 놀며 자란 친한 벗을 일컬어 '죽마고우'라 한다.

현준이는 나와 30년 지기 친구이다.

이 친구도 나와 같이 본인 사업을 하고 있다. 천안에서 가장 규모가 큰 인테리어 회사를 운영하고 있다.

참 멋진 친구다. 개인적으로 배울 점도 많다.

친구지만 서로에게 인생의 멘토로 조언을 하며 지내고 있다.

"난 배려라는 과목의 선생님이 되고 싶어."

나에게 술만 마시면 하는 소리다.

어떻게 보면 웃자고 하는 말이지만 그 말 안에는 자신이 그려져 있는 것이다. 본인이 지금 그렇게 하고 있기 때문에 그 습관들이 입으로 전해지는 것이다.

누구보다도 나는 현준이를 잘 안다. 남에게 피해 주고 싶지 않고 자기에게 피해가 와도 남을 먼저 배려해 주는 그런 친구다. 이런 친구가 내 친구라는 것이 정말 자랑스럽다.

30년이 훨씬 넘은 지금이지만 앞으로도 내가 생을 마감하는 그날까지 내 옆에 함께 있어 줄 친구다.

항상 곁에 있어 줘서 고맙다, 친구야.

친구야, 우린 이 땅에 소풍 온 거야. 우리 이제부터는 즐기며 살자.

9

김병기

   이렇게 우리는 현재까지 총 9명이 아름다운 동행이다. 앞으로 몇 명이 더 함께할지는 모르겠지만 세월이 지나면서 우리와 같은 사람들이 한둘씩 더 만나겠지. 그렇게 사람 냄새 나는 사람들이 더 많이 모여서 함께했으면 좋겠다.

   어떤 일이든 단정 지을 수 있는 일은 아무것도 없다.

   다만, 우리는 우리의 인생을 살아가는 것이다.

   나의 위치에서 내가 해야 할 일은 열정을 가지고 하고 반면 놀 때는 후회 없이 인생을 즐기며 놀아야 한다.

   그것이 내가 열정을 가지고 일했던 것의 보상일 것이다.

   우리는 이 땅에 소풍 온 것이다. 그렇다면 인생을 즐기며 살아야 한다. 내가 할 수 있는 모든 것을.

EPILOGUE

이 책을 쓰면서 나는 과거를 회상한 것이 아니라 추억이라는 술 한 잔에 취해 있었던 것 같다.

옛 생각에 자연스럽게 미소 짓게 되고 어떤 부분에서는 소리 내어 웃어 보기도 하고 이 책을 쓰면서 참 행복했다. 그렇다고 과거에 얽매여 과거를 그리워하지는 않았다.

나는 지금 현재에 살고 있기 때문에 과거는 과거다. 하지만 내가 지나온 세월들을 생각해 보니 지금 와서야 느낀 부분도 있고, 과거에 못 했던 부분들은 앞으로 내가 고쳐야 하는 부분이라는 것도 알게 되었고, 그래서 사람들이 지나온 길을 한 번씩 돌아보라고 하는 이유가 무엇인지 알 것 같았다.

지나고 나면 별일 아닌데, 시간이 지나니 오히려 좋은 점도 있었고 때로는 아쉬운 점도 많이 남는다.

모든 것들은 그때는 오늘이 영원하도록 기쁘거나 행복하거나 또는 못 잊을 것같이 아파서 힘들거나 슬프거나 한다. 하지만 시간이 지나면 지난 일들이고 추억이 되는 것이 우리의 삶이다.

어디 한곳에 얽매여 살지 않았으면 좋겠다. 특히 감정 소비에 힘들어

하지 않았으면 한다. 우리는 이 땅에 소풍 온 거라고 생각해 보자. 소풍 가는 데 준비물이 있다면 무엇일까? 김밥? 사이다? 아니다. 소풍 전날 잠이 오지 않을 정도의 설렘이다.

70년대, 80년대 이때의 사람이라면 그 설렘을 가지고 있을 것이다. 소풍 전날 잠이 들기 힘들 정도의 설렘! 그렇다. 우린 이 땅에 소풍 온 것이다.

사랑을 시작하려 할 때 어떤 일을 시작하려고 할 때 사업을 시작하려고 할 때 제일 먼저 찾아오는 것이 설렘이다.

설렘만 있는 것이 아니다. 설레고, 흥분되고, 기쁘고 그런 모든 마음이 우리를 살아 있게 하는 것이다.

우리 한 번쯤은 설레는 마음이 생기는 무언가를 해 보고 그 설레는 마음을 잊지 않았으면 한다. 사랑이든, 일이든, 새로운 사업이든 한번 해 보자. 그리고 설레는 마음으로 행복을 느끼며 살았으면 한다.

친구야, 우린 이 땅에 소풍 온 거잖아.

친구야… 소풍 가자. 나의 친구들아.

친구야
우린 이 땅에
소풍 온 거야

ⓒ 김병기, 2024

초판 1쇄 발행 2024년 4월 18일

지은이   김병기
사진   김병기
펴낸이   이기봉
편집   좋은땅 편집팀
펴낸곳   도서출판 좋은땅
주소   서울특별시 마포구 양화로12길 26 지월드빌딩 (서교동 395-7)
전화   02)374-8616~7
팩스   02)374-8614
이메일   gworldbook@naver.com
홈페이지   www.g-world.co.kr

ISBN   979-11-388-3045-4 (03810)